红楼梦

骆玉明给孩子讲

中秋联诗

骆玉明 ◎ 著

天地出版社 | TIANDI PRESS

序

《红楼梦》怎么读

· 骆玉明

我们在这里解读《红楼梦》，这是一部伟大的小说。它不仅名列中国古典小说所谓"四大名著"之首，而且是公认的世界名著。它的外文译本已有几十种。

《红楼梦》问世到现在差不多有250年，一代又一代，无数读者被它感动，为之痴迷，而且呢，为此发生各种各样的争执。比如说一个很有名的话题，就是人们总喜欢问：《红楼梦》里你喜欢谁？或者更具体的，薛宝钗和林黛玉，你喜欢谁？为此争吵起来，打起来都是常有的事儿。

《红楼梦》说了什么呢？它的中心线索是一个爱情故事，但小说的内容要丰富得多。我们做一个最简单的概括，大概可以这样说：作者以广阔的视野，描述了他所处的时代和社会。通过贾府这一贵族世家衰败的过程，写出一群年轻人怎样和自己的命运作种种抗争，希望获得人的自由，获得人的尊严，希望争取到更美好的人生。

西方一句谚语说："有一千个读者，就会有一千个哈姆雷特。"伟大的文学作品都有一种特点，就是它的内涵非常丰富，阐释的空间非常大。对于《红楼梦》的主旨，它的人物与思想，也是有各种不同的理解，很多事情，专家、学者们争执不休，简直没有尽头。

这样就有一个问题：这样的一部书，少年人能读吗？读得明白吗？

我由此想起自己最初读《红楼梦》的经历。那是小学五年级或者六年级，读的是一种分成四册的本子，拿上手就完全放不下来，连续不停地读了三天两夜。后来和朋友们闲谈时知道，像我这个年纪就迷上《红楼梦》的，并不罕见。

那么，我们不可能完全读不懂吧？否则怎么可能如此入迷呢？

但是要说能读得有多明白，也根本不可能。说实话，《红楼梦》有些情节隐含的意味，我是最近重读时才懂的，它仍然会不断给我带来震惊。

我们这样说吧：少年人读《红楼梦》是可能的，也是有益的，这可以让他们通过这部伟大的文学经典，比较早地了解复杂的人性，思考人和世界的关系。

但是，这种阅读确实又有很大的难度。少年人，恐怕有不少面对《红楼梦》茫然无措，望洋兴叹。

我希望自己能够给大家一些帮助。希望通过我的解读，使大家感受到，读《红楼梦》，实在是一个令人感动的、兴致盎然的过程。它让你长见识，也让你开心。

我在为少年人解读《红楼梦》时，主要关注它的三个难点，尽力把这些难点说清楚。

说《红楼梦》不容易读懂，首先一个问题，是它写的人物非常复杂。你不仅很难简单地分辨哪些是正面人物，哪些是反面人物，你也很难简单地说喜欢谁或者不喜欢谁。譬如王熙凤，她心狠手辣，在《红楼梦》里害死人命最多。可是这个人物形象仍然有迷人之处，完全不喜欢王熙凤的人，我到现在一个也没遇到过。

这是因为，《红楼梦》是用一种很深刻的眼光来看待人性。作者是洞察人心的，知道人性的善，也知道人性的恶，知道人性常常是由复杂因素交织而成的状态。因此，你读《红楼梦》的人物的时候，你会对人生得到一种新的认识，你会想人究竟是怎么回事儿。

那么，需要做的事情是什么呢？我会用心解析这些人物性格的各个层面，说清楚其性格特点是怎样形成的，它和人物的生存处境、人物的命运是什么关系，以及这些不同的性格要素如何融合成一个鲜活的整体。也就是说我们需要找到深刻地理解人物的途径，精确地把握人物的方法。这就是我们这套书所要完成的第一个目标。

《红楼梦》比较难读的第二个原因，在于它的故事是一个错综复杂的网状结构，各种线索交错起伏。有时候，你在前面不经意地读到了一句话，可能根本就没在意。但是，这一句话其实包含了丰富的信息，它对整个故事的发展，是一条重要的伏线。也许，你在读到十几回以后，才发现前面的那句话原来大有深意，但是也有可能，你就一直疏忽过去了。因此，你读过《红楼梦》，但很多地方是粗糙的，模糊的。

那么，我们要做什么呢？在这本书里，我在保持原著的基本脉络、故事进程的同时，把复杂交错的线索重新加以清理，必要时适当调整叙事的次序，使得故事线索更加明朗化，使那些体现故事进程和人物性格的主脉以一种凸显的鲜明的状态呈现在读者的面前。

读《红楼梦》，第三个难点是什么呢？这部小说跟西方小说完全不一样，跟中国的其他几部名著也不一样，它在很多地方使用了诗的笔法。

我们知道诗歌重视含蓄和暗示，它是一个等待作者介入，等待作者参与的文学空间。诗歌要是把什么东西都说明白了，这诗基本上就完蛋了。《红楼梦》是小说，却有诗的特点。它在很多地方轻轻地一笔带到以后，就不再说下去，或者，它的一段故事情节，它所描写的人物活动，真正的含意并不是文字表面上的东西。这就需要读者以自己的情感和生活经验去投入这样一个文学世界,去体会人物心理,理解作者的用心。你如果疏忽过去,就不能真正体会小说的美。

那么,我们要做什么?我就试图和大家一起,仔细推究隐藏在文字背后的内容,理解那些诗意的、飞白的方式所要表达的东西。我们一起进入《红楼梦》世界的深处,在云烟飘绕之处与作者展开一番对话。

除了上述三个难点,这本书还关注一个问题:曹雪芹的《红楼梦》原稿只留下前八十回,我们现在读到的一百二十回本,后四十回是由后人续写的。那么,后四十回跟前八十回到底是一种什么关系?如果它所设计的结局不符合作者的本意,那么原著预设的人物命运、故事结局应该是什么样的?这一方面,我也会尽量寻找可靠的依据,描绘出大致的轮廓。这样,我们对曹雪芹想写的《红楼梦》,会获得比较完整的认识。

我还想说明的是:虽然,这本书为了适应少年读者的需要,文字力求晓畅易懂,但我并没有把对《红楼梦》的解读浅显化;它有足够的深度,任何一位成年读者,都能够在这里找到新鲜的和令人兴奋的东西。

好了,朋友们,我就说这些。我相信,你读了这本书,会对《红楼梦》产生很大的兴趣。一个中国人,有没有好好读过《红楼梦》,那是不一样的。

目 录

109 讲　尤家姐妹　1

110 讲　贾琏与尤二姐　9

111 讲　猜不透的尤三姐　16

112 讲　尤三姐的堕落与高贵　23

113 讲　剑上的花　31

114 讲　危机重重　38

115 讲　骗取尤二姐　47

116 讲　挑起官司　54

117 讲　大闹宁国府　61

118 讲　又生一计　69

119 讲　机关算尽　78

120 讲　风波渐起　86

121讲	卑微的爱情	94
122讲	捉襟见肘	102
123讲	晦暗的彩霞	110
124讲	懦弱的迎春	119
125讲	抄检大观园	128
126讲	晴雯受责	136

127讲	维护大家风范	144
128讲	无望则刚	151
129讲	宁国府的乱象	159
130讲	侯门气概	167
131讲	诗乐凄凉	177

第109讲

尤家姐妹

上一讲我们说到，宝玉生日的第二天，传来消息说宁国府的贾敬去世了。贾敬平时住在道观里修炼，只是在新年祭祖的时候回来一次，这表明他和普通人的世界、和这个家族，还有一点联系。

古代道教里面有一种炼丹术，据说炼成丹药服下以后就可以成仙。可是炼丹所用的丹砂含有大量的水银成分，毒性很大，历代为了成仙服食丹药而死的人可谓屡见不鲜。贾敬急于求成，最终葬送了自己的性命。

祭祖是贾敬在《红楼梦》里仅有的一次出场，但他也并不是红楼梦故事的一个局外人。像贾府这种因为祖上立下军功而显贵的家族，子弟们大多不爱读书。但贾敬却是进士出身，这表明什么呢？表明贾敬有比较高的文化修养。可是他为了求仙，早早地把爵位和族长的身份都传给了贾珍，而贾珍却是一个荒唐透顶的人。贾府的颓败，正是从这里开始的。

贾敬去世的时候，正在国丧中，贾府里有爵位和官职的男子以及有诰命身份的女子全都为太妃送葬去了，只有尤氏，因为家中不能没有人照管，所以事先找了个借口留在了府中。贾敬突然去世，许多事情只能由尤氏来处理。

尤氏做了几个决定：

第一，她命人先到玄真观将所有的道士都锁了起来，等大爷回来再审问。因为贾敬是突然去世的，贾珍可能会质疑贾敬的死因，那就把事情留给他处理。

第二，贾珍等人回来，至少要半个多月，而天气炎热，尸体不能放置太久，她决定先将尸体入殓，把尸体密封在棺材里。贾敬是死在城外的，没有得到朝廷的恩准，尸体不允许运进京城内，棺材就停放在贾府的家庙铁槛寺。

第三，如果贾珍等人回来，那么贾母身边就缺少男性亲属，她派了家族中的两名子弟去照顾贾母。

这些情节反映出尤氏的能干：一件大事突然发生，她能处理得果断而清楚。这和秦可卿去世的时候，尤氏借口说胃病犯了，拒绝参与丧事，形成了很好的对照。

我们读《红楼梦》，需要注意这种情况，它的故事线索复杂交错，前后呼应可能隔得很远。

再说贾珍得了信息，赶紧向朝廷告假，然后和贾蓉一起

尤家姐妹

往家里赶。半路上,遇到尤氏派来照顾贾母的贾瑞等人,贾瑞告诉贾珍尤氏已经做了什么样的处理,又说尤氏因为要在家庙里处理丧事,怕家中无人照应,就把她的继母和两个妹妹接来了,在上房住着。

书中这样写:"贾蓉当下也下了马,听见两个姨娘(尤氏的两个妹妹)来了,便和贾珍一笑。"笑什么呢?这里有暧昧的东西。从这"一笑"开始,这个丧礼的过程就充满了荒唐而怪诞的气息。

两人连夜换马飞驰。小说中写道,"一日到了都门,先奔入铁槛寺"。那天已是四更天,"贾珍下了马,和贾蓉放声大哭,从大门外便跪爬进来(跪着爬着进了寺庙),至棺前稽颡泣血,直哭到天亮喉咙都哑了方住"。

书中用了"稽颡泣血"这个成语,字面意思,稽颡,就是头叩到地;泣血,就是眼睛哭出血来。这个成语专门用来形容孝子悲痛苦恼的情形。

读到这里,你也许会认为这父子俩可真是孝子贤孙,认为他们心里真的非常痛苦。但实际上,他们只是按照固定标准的"孝子"模式在做事。比如说,贾珍把嗓子哭哑了,他一开口说话,人家就知道他是"孝子"。

接下来,贾珍转述了皇帝的恩旨:赐给贾敬五品官职,准许将灵柩运入城内,放在家中停灵以便亲友吊唁,然后打发贾蓉回家料理停灵之事。

贾蓉立刻答应了，先骑马飞奔来到家，赶紧把设灵堂的事安排了，又忙着进来看外祖母和两个姨妈。他"飞来至家"，着的什么急呢？他要找姨妈，他着急找姨妈干吗？说出来吓你一跳——调情。

尤二姐、尤三姐和丫头们正在弄针线活，贾蓉笑嘻嘻地望着尤二姐说："二姨娘，你又来了，我们父亲正想你呢。"这话里透出的信息，是尤二姐不是第一次来，而且她和贾珍有一种暧昧的关系。

你读到这里的时候，可能有点意外：如果贾珍和尤二姐有私情，那应该是私密的事情，贾蓉怎么能在这么多人的面前，用轻浮的腔调去打趣尤二姐呢？你要知道，尤二姐虽年轻，从辈分来说，她是贾蓉的姨妈呢。

不要着急，还有更让你意外的地方。听了贾蓉说的话，尤二姐便红了脸，骂他："蓉小子，我过两日不骂你几句，你就过不得了。越发连个体统都没了。"说着顺手拿起一个熨斗来，搂头就打。

你注意尤二姐的反应并不严厉，骂呀打呀，那是半真半假，有点羞恼，也有点玩笑。

贾蓉又是如何呢？他装出一副害怕的样子，抱着头滚进了他二姨的怀里告饶。然后他又跟二姨抢砂仁（一种零食）吃，尤二姐嚼了一嘴的渣子，吐了他一脸。贾蓉就把这些渣子都吃了。这里你看到贾蓉一副轻薄无赖乃至下流的腔调，而他能够这样做，也是有恃无恐的。小说写到这里，又传达了另外一个明明白白的信息：贾蓉和尤二姐也有暧昧的关系，所以尤二姐对贾蓉的胡闹虽然不满意，但也没有表示出多大的愤怒。从下文我们还可以知道：尤三姐和贾珍，也有逢场作戏的关系。贾珍父子俩这可真是混乱而又混账的行为！

你可能会感到奇怪：这是为什么？尤二姐、尤三姐不是贾珍的小姨子吗？贾珍父子俩怎么对她们毫无敬重呢？

我们在这里需要说清楚一些关系：首先，贾珍的夫人尤氏是继室，贾蓉不是她生的。尤氏的娘家背景很弱，跟贾府完全不对等。这种情况，和荣国府的大爷贾赦娶邢夫人的情况相似。

其次，尤二姐和尤三姐原来也并不姓尤。她俩是她们的母亲尤老娘改嫁的时候带到尤家的。老娘是姥姥的意思，这是借用晚辈的口吻来称呼。尤二姐和尤三姐与贾珍的夫人尤氏，名义为姐妹，但实际上既不同父也不同母。她们原来的家庭，比尤氏还要差一些。

贾珍和尤家二姐妹之间，从亲缘关系来说，是姐夫和小姨子，但是从社会关系来说，则是豪门贵族和普通平民，那可真是天差地别。更何况，尤老娘一个寡妇带着两个女儿过日子，维持生存都不容易，小说中明白地说了，她们"素日全亏贾珍周济"，就是说她们平时都靠贾珍接济过日子。所以贾珍父子对尤家姐妹，哪里会有尊重呢？

贾珍是个荒唐的爵爷，是个绝顶好色之徒。而尤氏二姐妹，后文里说到，乃是"天下绝色"，并非一般的美女。贾珍岂肯放过她们？他之所以一直愿意在经济上帮助尤家母女，至少，并不是完全出于慷慨和善意。

你可能还要问：难道尤家姐妹俩，尤其是尤二姐，对这种荒唐和混乱不需要负责吗？当然她们也有责任。在一定程度上，她们都是堕落的女人，但曹雪芹并不是简单地把她们描写成坏女人。中国旧小说里常常把社会的道德堕落归罪于女性，《红楼梦》却不是这样。关于尤家姐妹的为人和个性，我们在后面再细细分说。

贾蓉看到家中诸事已经安排妥当，又连忙赶回铁槛寺中，回明贾珍。于是贾珍连夜分派管理各项事务的人员，选好日子请灵柩进城。

小说对贾敬的丧仪，用了简单的文字做了概括性的交代，说这一天，丧仪规模浩大而耀眼，"宾客如云，自铁槛寺至宁府，夹路看的何止数万人"。然后又说在居丧期间，贾珍、贾蓉父子俩遵循礼法，生活尽可能俭朴，表示因为守丧的缘故，他们一点也不愿意享受。书中用了另一个关于孝子守丧的成语，"藉草枕块"，就是坐卧在草垫上，拿土块当枕头，完全是悲痛欲绝的样子。

在这后面，小说轻轻地带了一笔："人散后，仍乘空寻他小姨子们厮混。"这是说贾珍在守丧期间，得了空，仍然去找两个小姨子胡闹。作者在这个地方不肯再多说一句话，好像轻描淡写的样子，力量却很重。

国葬的事终于结束了，贾琏也回来了。贾琏一直听说尤二姐美貌无比，也想找机会去看她。这会引出什么故事呢？我们下一讲再说。

第110讲

贾琏与尤二姐

上一讲我们说到国丧终于结束了，以贾母为首的一行人回到了贾府。这边贾敬停灵在家，自然有很多事情，我们就不一一细说了。又过了几天，是贾敬出殡的日子，宁、荣两府的主子率领家人仆妇，再将灵柩送至铁槛寺。贾珍夫妇和贾蓉仍然留在寺中守灵，要等过了百日后，才能扶柩回原籍。家中仍托给尤老娘和尤二姐、尤三姐照管。

贾琏很久以前就听说了尤氏姐妹的名声，只恨没有机会相见。这次因为贾敬停灵在家，他差不多每天都要去宁国府，跟尤二姐、尤三姐已经混熟了。他也听说过贾珍、贾蓉与尤氏姐妹的事情，因而就乘机眉目传情。那尤三姐只是淡淡相对，不怎么搭理他，只有尤二姐十分有意。

于是贾琏开始找机会。他假托要陪伴贾珍，也在铁槛寺中住宿，又时常借着替贾珍料理家务，时不时来到宁国府中勾搭尤二姐。

丧事的开支十分浩大，而宁国府早已不像以前那么阔绰了。 有一天，贾珍处理一项等着付钱的账，东拼西凑，还差二百多两银子，只好命管家不管哪里先去借一笔填上。这时候贾琏在一旁，灵机一动，就跟贾珍说："这有多大事，何必向人去借。昨日我方得了一项银子还没有使呢，莫若给他添上，岂不省事。"只不过，他说这笔银子必须自己去取。他还说，他正好要到贾珍那边查查家人们有没有惹是生非。这可真是好兄弟啊，贾珍不免有点感动了，就命贾蓉陪着他二叔去办这件事。

贾琏、贾蓉二人骑上马一同进城，一路扯些闲话。贾琏便提起了尤二姐，夸她如何标致，如何举止大方、言语温柔，无一处不令人觉得可敬可爱，"人人都说你婶子好，据我看那里及你二姨一零儿呢（哪里比得上你二姨一点零头呢）"。

从这一段来看，贾琏对尤二姐的态度有了变化。开始他不过是听说她美貌，想占便宜，现在是真心喜欢了。喜欢她什么呢？**尤二姐的性格，正好是王熙凤的反面：她温柔、顺从、没主见。谁愿意哄她，她就跟谁走。在尤二姐这里，贾琏能够得到从王熙凤身上得不到的东西。**

贾蓉一听就明白他的意思，就笑着说："叔叔既这么爱他，我给叔叔作媒，说了做二房，何如？"贾琏说当然好，但是有几个难点：一是怕王熙凤不依，二是怕尤老娘不愿意，三是听说尤二姐已有了人家了。

贾蓉在歪门邪道上有足够的聪明。他给贾琏分析：二姨许配人家的事，那还是早前指腹为婚，许给了皇粮庄头张家。后来张家遭了官司败落了，"我老娘时常报怨，要与他家退婚"。所以这件事情，"不过令人找着张家，给他十几两银子，写上一张退婚的字儿"。贾蓉对此非常自信地说："想张家穷极了的人，见了银子，有什么不依的。再他也知道咱们这样的人家，也不怕他不依。"有钱有势的人看穷人，就是这样。这种看法有时准，有时不准。《红楼梦》告诉我们一个很残忍的事实，大多数情况下，这是准的。

贾蓉继续说，至于自己的老娘和父亲，他管保都愿意，这不是问题。贾琏听到这里，心花都开了，"那里还有什么话说，只是一味呆笑而已"。乐过头了，乐成了一个傻子。

这三个问题里面，只有一个真实的问题，就是王熙凤不乐意的问题。贾蓉又想了一想，想出了一个主意。王熙凤有个弱点：她没有生下儿子。贾琏可以在外面买上一所房子，神不知鬼不觉把尤二姐娶了过去。"婶子在里面住着，深宅大院，那里就得知道了。"时间久了，闹出来，就说这"原是为子嗣起见（就是为了生儿子才娶了一个偏房）"，说起来这也算是正当的理由。"就是婶子，见生米做成熟饭，也只得罢了。"说到底，贾琏在这件事情上，虽然也有毛病，但是很大程度上，是

受到当时的正统礼法庇护的。

贾蓉这么热心地为他叔出谋划策,是为了什么呢?书中说他"素日同他姨娘有情",因为有贾珍在,就不能太放肆。"如今若是贾琏娶了,少不得在外居住,趁贾琏不在时,好去鬼混。"这些情节散发出大家族腐烂时特有的令人恶心的气息。

贾蓉的计划,至少听起来像是万无一失。贾琏需要先跟尤二姐做一个明确的相互认证。

贾琏来到了宁国府,走进尤家几口住着的上房,只见南边的炕上只有尤二姐带着两个丫鬟在一起做针线活,却没看到尤老娘与尤三姐。贾琏连忙上前去问好,尤二姐含笑让座,随便扯些家常,贾琏不停地拿眼去瞟尤二姐。尤二姐低了头,只是含笑不理。这是一个初步的信息。

尤二姐手里拿着一条绢子（手帕）在摆弄，绢子上拴着个装槟榔的荷包。贾琏便问她讨槟榔吃。尤二姐道："槟榔倒有，就只是我的槟榔从来不给人吃。"这不是拒绝，是诱惑：你想要，没那么容易！贾琏便笑着想要靠近她去拿，尤二姐怕人看见了不雅观，连忙一笑，把那槟榔荷包撂了过来。

贾琏从荷包里拣了半块吃剩下的撂在嘴中吃了，这是一个轻浮的动作，意义在于把信息放大。这时两个丫鬟倒了茶来，贾琏一面接了茶，一面暗暗把自己带的一个汉玉九龙佩解了下来。这是一个值钱的玉雕，贾琏把它拴在手绢上，趁丫鬟回头的时候，对着尤二姐撂了过去。这是什么意思呢？就是要求尤二姐确认。

尤二姐装作看不见，坐着吃茶。这时只听后面一阵帘子响，原是尤老娘和尤三姐从后面走进来了。贾琏连忙给尤二姐使眼色，让她把手绢捡起来，这时尤二姐还是不理。贾琏不知道尤二姐是什么意思，非常着急，只得迎上来与尤老娘、尤三姐打招呼。一面又回头看时，只见尤二姐笑着，没事人似的。再又看一看手绢，已经不知道哪里去了，贾琏这才放下了心。相互认证就成功了。

这是一个经典的传递私情的故事，双方都是轻车熟路。你会想：这俩人都不是什么好东西，臭味相投，一下子就混到一起去了。这么说好像也对，不过，不是这么简单。

再说贾蓉回到铁槛寺，把他和贾琏在路上商量过的事情向父亲说了，但他并不说是他自己出的主意，只说"二叔再三央我对父亲说"。贾珍想了想，笑着说："其实倒也罢了。"这个语气很微妙，你可以理解为"也没什么不好"。你能体会出来吗？贾珍这时对尤二姐没有多大的顾恋。而从下文你又可以知道，他是想在尤三姐身上多用点功夫。尤三姐虽然也有逢场作戏的时候，却不太容易被男人控制。

贾珍又把这事情跟他的妻子尤氏说了。尤氏觉得这事不妥，也尽力劝阻了，但最终她不得不顺从丈夫。那边贾蓉又进城去见尤老娘，和尤老娘说这件事情，贾蓉一番游说之词，说得天花乱坠。尤其是他说王熙凤的病好不了，"过个一年半载，只等凤姐一死，便接了二姨进去做正室"。也就是说，只要王熙凤死了，尤二姐的好日子就会到来。尤老娘一向是全靠贾珍周济，这么一件好事，又是贾珍做主，嫁妆也是贾珍来准备，她还有什么不肯答应的？

于是，贾琏就把尤二姐接到一套新买的、有二十多间房子的院子里，拜了天地。

这个故事读起来很难令人喜欢，因为男女主人公的品性都有很大的毛病。但是，你要是把它理解为仅仅是因为贪欲而苟合，却也不太对。尤二姐是个水性的人，也是柔弱的人。这种人，遇见什么样的男人，就会有什么样的命运。过去那种混乱的生活，并不是她真正想要的。如今她见贾琏有情，就在这里

看到了新的希望。她想从此守着贾琏过稳定的日子。

贾琏对尤二姐原本是见色起意，但后来却是真的喜欢上尤二姐了。他甚至将自己多年攒下来的所有私房钱，全都搬过来交给尤二姐收藏，这可不是一笔小数目。他还命令这个小家的仆人对尤二姐直接称"奶奶"，那是对正妻的称呼，贾琏自己对尤二姐也是称"奶奶"。就是说在这个秘密的小家庭里，王熙凤的存在被抹掉了。

那么尤三姐呢？她和贾珍会有什么样的纠葛？这个我们下一讲再说。

猜不透的尤三姐

上一讲我们说到贾琏在贾府外面买了一套院子，偷娶了尤二姐。尤二姐的母亲和妹妹也跟着一起住过来了，这样过了有两个月光景。

一天贾珍从铁槛寺回家，想起要去探望两个小姨。他先命令小厮去打听，知道贾琏不在，到了晚上掌灯时分，只带着两个心腹小童牵着马，悄悄地来到贾琏的新房。

贾珍先看过了尤老娘和尤三姐，然后尤二姐出来跟他相见。贾珍先是对尤二姐夸耀自己大媒做得好，这样的亲事，"打着灯笼还没处寻"，接着说了一句"过日你姐姐还备了礼要来瞧你们呢"。这是什么意思？贾珍打出尤氏的旗帜，就是为了让尤二姐放心：我现在对你没有念头。

贾珍和尤家母女三人一起吃酒。过了一会儿，"尤二姐知局"，找了一个借口拉着她的母亲一起出去了。什么叫"知局"呢？就是她知道内情，明白自己和母亲不方便留在那儿。贾珍是来会尤三姐的。

这样屋里只剩几个小丫鬟了。书中说："贾珍便和三姐挨肩擦脸（肩膀靠着肩膀，脸贴着脸），百般轻薄起来。"两个人很放肆，连小丫鬟们也看不过去，都躲了出去。这里有进一层暗示的意义：当着丫鬟们的面都那么放肆，如果没人，还有什么干不出来的呢！

在以前的情节中，隐隐约约地暗示尤三姐和贾珍有暧昧的关系，到这里就说得很清楚了，他们的确是有关系。你现在肯定对尤三姐印象很不好吧！确实，她不检点，或者说她是一个堕落的女人。

但是，我要提醒你注意：尤三姐是中国文学史上从来没有过的一种艺术形象，是《红楼梦》杰出的创造，她很复杂。很多人以传统的眼光来看问题，是不能理解曹雪芹笔下的尤三姐的。

我们前面说过，程本《红楼梦》，不仅增添了后四十回，对前八十回的原稿也做了很多修改，而改动最大的，就是尤三姐的形象。在程本中，关于贾珍来贾琏住处以后的故事是这样写的：首先，尤二姐离开了，但尤老娘并没有走，也就是说，并没有出现贾珍和尤三姐单独相处的机会，那就更谈不上两个人"百般轻薄"了。接着，程本中又说："那三姐儿虽向

骆玉明给孩子讲 **红楼梦**

来也和贾珍偶有戏言,但不似他姐姐那样随和儿。"尤三姐并不随便,她根本就不是一个堕落的女人,这就把尤三姐给"洗白"了。

为什么要这样改呢?因为在后面的故事中,尤三姐痛斥贾珍、贾琏,性格表现得非常刚烈。因此,在修改者看来,尤三姐前后的形象是互相矛盾的:两个人都已经好成那个样了,都已经肆无忌惮了,又突然翻脸骂人不怀好意,那也太没道理了。所以需要修改,要将两者加以统一。

但是这样一改,原著通过尤三姐这个形象所要表达的深刻而复杂的内涵被取消了,这一部分内容不再具有伟大的文学作品才能具有的特点。

我们在这里先做一些大概的介绍。那么究竟应该怎样理解尤三姐呢?让我们随着故事的发展来分析。

这天不太凑巧,晚上贾琏回来了。鲍二家的出来开门,贾琏问家里有什么事没有,鲍二家的悄悄告诉他说:"大爷在这里西院里呢。"贾琏听了不作声,回到自己的卧房。只见尤二姐和她母亲都在房中,见他来了,二人面上便有些讪讪的,显得有些尴尬。

贾琏装作不知道,说今天困了,让尤二姐陪他喝两杯。

树欲静而风不止,人欲静而马不止。他们正喝着酒呢,马棚里闹起来了。原来,那里拴着贾珍的马,后来贾琏的马也牵进来拴着,二马同槽,不能相容,互相尥蹶子(两匹马跳起来用后腿互相踢）嘶叫起来。尤二姐听见马闹，心下更不自在，"只管用言语混乱贾琏"，意思就是东扯西扯的，想让贾琏不去注意马叫的声音。

这时尤二姐只穿着大红的小袄，随便地挽着乌黑的头发，喝了酒，满脸透红，比白天更显得艳美。贾琏搂着她笑道："人人都说我们那夜叉婆（指的是王熙凤）齐整，如今我看来，给你拾鞋也不要。"

尤二姐紧张了很久。现在，见贾琏并没有责怪她，尤二姐决定扯开来说个明白。

她先是顺着贾琏的话题，说道："我虽标致，却无品行。看来到底是不标致的好。"这就是说自己过去跟贾珍胡混，现在觉得很羞愧。言外之意也是告诉贾琏：那是过去的事情了。

贾琏要她解释："这话如何说？"他仍然装作什么也不明白的样子。

尤二姐这时流下了眼泪。她说：你不要装傻瓜，也不要再拿我当傻瓜了，"我生是你的人，死是你的鬼，如今既作了夫妻，我终身靠你，岂敢瞒藏一字"。这就是表明：我没有任何地方瞒着你。今天贾珍来，也不是我的错。

那么问题在哪里呢？

尤二姐继续说道："我算是有靠，将来我妹子却如何结果？据我看来，这个形景恐非长策。"这话的意思是说，如果尤三姐没有个妥当的安置，贾珍总是要过来，自己因为过去的污点，总是会感到很尴尬，而且容易使人怀疑，所以"终究要有个长久之计"。

贾琏这时已经有了主意。他笑道："你且放心。前事我已尽知，你也不必惊慌。"贾琏说着便走到西院中来，只看见窗内灯烛辉煌，二人正吃酒取乐。

贾琏此时非常豪迈，直接推门进去，笑说："大爷在这里，兄弟来请安。"突如其来这么一手，把贾珍羞得无话可说，赶紧起身让座。

贾琏后面说出的一番话，表面看有点绕，它主要的意思其实就是一句话：咱们得想个办法，把事情做干净，不然，还能算是好兄弟吗？

贾珍明白他的意思，只说："兄弟怎么说，我无不领命。"

贾琏此时对自己的聪明十分满意，说话越发洒脱。他连忙命人："看酒来，我和大哥吃两杯。"然后又拉尤三姐说："你过来，陪小叔子一杯。"

这话是什么意思？丈夫的弟弟才叫小叔子。贾琏的意思，是让贾珍把尤三姐娶回去做小老婆，所以呢，从今往后，他就是尤三姐的小叔子了。

这个主意几乎在所有人看来都是好的。从尤二姐的立场来说，自己有了依靠，妹妹也有了依靠，还消除了因为贾珍常来而生的烦恼，当然是好的；对尤老娘来说，两个女儿都有了归宿，不用再操心，自然也是好的；对于贾琏来说，一对姐妹，绝色美人，你一个，我一个，互不相扰，好得很呢；从贾珍来说，从偷情变成纳妾，再好不过了。当下贾珍就笑着对贾琏说："老二，到底是你，哥哥必要吃干这钟。"说着，一扬脖子，把酒干了。

可是，对尤三姐来说，这也是好的吗？大概所有人都不觉得存在这个问题。就在贾琏闯进门之前，尤三姐跟贾珍好着呢，既然都已经在一起了，索性结为婚姻不正好吗？

谁也没想到尤三姐站在炕上，居高临下，指着贾珍、贾琏痛骂了起来。她骂了些什么？什么东西触恼了她呢？我们下一讲接着说。

第112讲

尤三姐的堕落与高贵

上一讲我们说到贾琏想要做主,让贾珍把尤三姐娶了,可是没想到却把尤三姐给惹恼了。只见尤三姐站在炕上,指着贾琏和贾珍痛骂起来。"站在炕上"这个居高临下的动作,显得泼辣而有气势。

我们先看看她说了些什么。

"你不用和我花马吊嘴的",你不用跟我花言巧语,"清水下杂面,你吃我看见"。你那点花样我全都看得明明白白。

"见(现)提着影戏人子上场,好歹别戳破这层纸儿。""影戏"是指皮影戏,表演时,艺人们藏在白色幕布后面,一边操纵用兽皮做成的人物剪影,一边说唱。尤三姐用这个比喻,是说大家都是在演戏,什么姐夫啊、小叔子啊、你欢我爱啊,只是隔着一层纸,不去戳穿罢了。

那么戳穿了是怎么回事呢？尤三姐继续说："这会子花了几个臭钱，你们哥儿俩拿着我们姐儿两个权当粉头来取乐儿。"说穿了，这就是真相！尤二姐已经嫁了，可是嫁得不明不白，如今又想动尤三姐的念头。可是"你们就打错了算盘了"，那是你们自己想得美。

不管怎么着，在尤三姐看来，尤二姐已经掉进去了。所以她先要为尤二姐考虑，警告贾琏："我也要会会那凤奶奶去，看他是几个脑袋几只手。"弄得不好的话，尤三姐表示"我有本事先把你两个的牛黄狗宝掏了出来"，先把你们的五脏六腑掏出来，也就是要了你俩的性命，然后呢，"再和那泼妇拼了这命"。当然，有人会怀疑，尤三姐真有什么能力对付得了贾家两兄弟和琏二奶奶吗？这也没法说，但是她是会以命相搏的。

有人解释尤三姐发怒的原因，是她突然醒悟了，看穿了真相，这样解释是不对的。尤三姐说得很明白：她本来就知道，只不过不去揭穿。她跟贾珍，向来都是逢场作戏。那么，现在为什么不演下去了呢？她被触怒了，她不想继续下去了。

我们找一个例子来理解这个问题。有一次尤三姐和尤二姐在一起谈论宝玉，尤三姐说："我冷眼看去，原来他在女孩子们前不管怎样都过的去。"她对宝玉尊重女孩这一点表示赞赏，她自己当然也需要受到尊重。

眼前呢，贾琏和贾珍刚刚在潇洒地谈论一件事情，谈定了，举杯庆祝。这件事情关系到尤三姐的终身，可是，他们都没有想到需要问一问尤三姐是不是愿意。

为什么会这样？一方面，尤三姐是个平民，家境贫寒；另一方面，贾珍和贾琏认为尤三姐是一个堕落的女人。贾琏和贾珍那种轻松而轻浮的言行里，隐含着一种不言而喻的态度：跟一个堕落的女人，谈不上什么尊重。

很多人读不懂曹雪芹所写的尤三姐。是不是你也会认为，一个堕落的女人不值得尊重？但曹雪芹不是这样想的。我们要注意尤三姐说"你们就打错了算盘了"这句话，这后面其实还有一句话没有说出来：拿着几个臭钱，想怎么着就怎么着？美得你！

我们读清楚了，就会明白曹雪芹要写的东西，他是在赞美尤三姐，她虽然堕落了，却仍然是高贵的，因为她没有放弃自由，所以她仍然拥有高贵。

尤三姐被触怒了。前面贾琏不是说要喝酒吗？尤三姐说："喝酒怕什么，咱们就喝！"说着，自己拿起酒壶来斟了一杯，自己先喝了半杯，搂过贾琏的脖子来就灌，说："我和你哥哥已经吃过了，咱们来亲香亲香。"吓得贾琏酒都醒了。

书中接着说，"贾珍也不承望尤三姐这等无耻老辣"。根据《红楼梦》常用的手法，我们知道"无耻老辣"这四个字，是从贾珍的立场做出的评价，这是说尤三姐大胆泼辣，肆无忌惮。贾珍到这时才发现自己原来不了解尤三姐。

贾珍现在后悔了，想溜，尤三姐哪里肯放。

这时的尤三姐非常迷人。她松松地挽着头发，大红袄子半掩半开，底下绿色的裤子红色的鞋，一双脚一会儿并拢着，一会儿翘起来，没有半刻斯文。耳朵上的两个坠子像打秋千一样，在灯光下跳动闪耀。喝了酒，尤三姐目光迷迷蒙蒙，嘴唇也更显得红艳。

在贾珍、贾琏看来，他们平生所见过的各种身份的女子，身份高的、身份低的，没人比得上尤三姐这样的美丽风流。二人看傻了、看醉了，可是想要招惹她，却又被她压制住了，不敢动。只有尤三姐在那里高谈阔论，肆意挥洒，拿他们弟兄二人嘲笑取乐。书中说，真是她玩弄了男人，并非男人欺辱了她。

这是《红楼梦》中的一段奇文，也是中国小说史上的一段奇文。在男尊女卑的古代社会里，富贵的男子拿女子当玩物，那是习以为常的事情，而尤三姐却把它反了过来。这时候，尤三姐是为自己姐妹俩报复那兄弟俩，而在广泛的意义上，这也是受欺压的女性对男性统治秩序的报复。

我们再来说一下，上一讲提到的程本和原稿本的关系问题。程本对前八十回稿本的各种改动，研究者普遍表示反对，唯独对尤三姐形象的修改，表示赞同的人居多，其中包括一些著名的学者和作家。比如，台湾白先勇先生就说："如果尤三姐跟贾珍本来有染的话，那么尤三姐后来的行事根本不能成

尤三姐的堕落与高贵

立。如果尤三姐已经失足了，那还有什么立场再去骂他们？"他觉得，一个失足的女子是没有资格那么刚硬的。

但是，他们都没有理解曹雪芹。

我们说《红楼梦》是作者写给女性的赞美诗。当他赞美黛玉、宝钗、湘云、探春这些贵族小姐时，他是了不起的；当他赞美鸳鸯、晴雯、香菱，以及龄官、芳官这些婢女时，他是更了不起的；而当他赞美尤三姐这样一个堕落的女子时，他是格外了不起的。

在那样的社会里，一个贫寒家庭的女孩有可能由于各种原因，或外界的或自身的，在道德上脱离社会主流，陷入晦暗的生活中。但是即便如此，尤三姐仍然不因为金钱而放弃自由，因为自由才是人性尊严和高贵的依据。这才是尤三姐生命的光芒，是她留给后人永久的感动。

在跟贾氏兄弟扯下脸以后，尤三姐更加放肆胡闹。丫鬟、婆娘偶尔有不周到之处，她就借题发挥，将贾琏、贾珍、贾蓉三个厉声痛骂，说他们爷儿三个诓骗了她们寡妇孤女。天天挑拣穿的吃的，打了银的，又要金的；有了珠子，又要宝石；吃的肥鹅，又宰肥鸭。有时觉得不称心了，连桌子也一下子推倒。

贾珍没得到啥好处，钱费了不少，回去之后，也不敢轻易再来。有时尤三姐自己高兴了，悄悄命小厮来请，他才敢去一会儿，到了那里，也只好随她的便。因为贾珍舍不得放开，贾琏曾经劝他,说是"玫瑰花儿可爱,刺大扎手"。咱们未必降得住,正经选个人把她嫁了吧。可是贾珍还是含含糊糊。

一天晚上,尤二姐又和贾琏提这件事,说留着尤三姐不是长久之计。又提议说:咱们明天先劝劝三丫头,看她自己是个什么想法?道理其实也很简单,尤三姐不乐意跟贾珍走,也得有个计较,总不能一直留在姐姐家里胡闹吧?

谁也没想到,尤三姐心里却是藏着一个人。这是个什么人呢?我们下一讲接着说。

~尤三姐之死~

情小妹耻情归地府
冷二郎一冷入空门

剑上的花

113讲

上一讲我们说到尤二姐打算劝一劝妹妹。说实话,这既是为妹妹着想,也是由于她自己心里嫌烦了。尤二姐是准备和贾琏好好过日子的,而尤三姐天天在家瞎折腾,有完没完呢?

到了第二天,尤二姐专门备了酒菜,贾琏也不出门,到中午时特地请小妹过来,书中说:"与他母亲上坐。"请母亲上坐是因为辈分高,而妹妹上坐是为什么呢?因为妹妹算是客人。这个酒席有主客之分,所以好多话都不用说,大家就清楚了。

尤三姐一下子就明白了姐姐的心意,酒过三巡,不用姐姐开口,先流下了眼泪。她跟姐姐都有过一段荒唐的生活,热闹而又辛酸。如今人生各有各的路,分道扬镳,回头再看一眼,心中十分悲伤。

但是往事不值得多说。尤三姐表明态度,"我也要自寻归结去（找到自己的归宿），方是正理"。但是终身大事，非同儿戏。尤三姐说，一定要选一个自己"素日可心如意的人方跟他去"，就是要嫁给自己喜欢的人。否则，再有钱、再有才、再有貌，"我心里进不去，也白过了一世"。

这就是尤三姐的择偶观，说到底，一句话，就是要有爱，别的条件都可以不论。这种态度放在现代社会来说，也不容易做到。而在《红楼梦》的时代，可以说是非常罕见了。

贾琏问尤三姐，这个被她放在心里的人是谁？尤三姐说："姐姐知道，不用我说。"贾琏再问尤二姐，尤二姐却一时也想不起来。尤三姐就让她往五年前想，也就是说，五年前她们姐妹俩都见过这个人，可是尤二姐还是糊里糊涂。

你如果读书不仔细，看到这种琐细的地方，可能觉得根本没意思。其实作者是在用这个细节描述一种有趣的生活现象：那个令尤三姐怦然心动、刻骨铭心的男子，尤二姐却对他毫无印象。她们姐妹俩不一样。

当天晚上尤二姐仔细地盘问了尤三姐。尤三姐告诉她，这个人自己已经选定了，不可更改了。她说，这人一年不来，她等一年，十年不来，等十年，若这人死了再不来了，她情愿剃了头当尼姑去。第二天她还答应贾琏：从今日起，安静了，不胡闹了，吃斋念佛，服侍母亲，就等那个人来娶她。这就是爱到死心塌地了。

那个人是谁？尤三姐是怎么认识他的呢？

那人原来就是柳湘莲，我们在前面说过他揍了薛蟠的故事。五年前，尤老娘过生日，家里请了"一起串客"，就是一帮票友，不是职业演员，柳湘莲在里面演个小生。

柳湘莲是个世家子弟，早年父母双亡，无人拘管。他放浪不羁，会武功，有一些江湖侠客的气息。他又长得英俊挺拔，还会登台演出。女孩喜欢他，也是可以理解的。

但问题是，尤三姐仅仅是在五年前从戏台上看到过柳湘莲，两人之间没有任何直接的交往，也谈不上真正的了解。她看到的是扮相，听到的是唱词，不是一个生活中的人。这样，她就死心塌地爱上柳湘莲，把生命的所有希望寄托在这个人的身上，这正常吗？

我们需要明白的是：尤三姐所爱的，其实只是自己的一个梦想，她把这个梦想寄托在了柳湘莲的身上。这个人英姿勃发，且歌且舞，装饰着尤三姐五彩斑斓的人生美梦。

到现在，我们可以看到尤三姐性格中极端的两面：一面，她是个堕落的女人，她的逢场作戏令贾珍、贾琏这样的风流公子都感到吃惊，称之为"无耻老辣"；另一面，她又是纯洁而幼稚的，她的柔情在深夜的梦里，犹如洁白的月光，月色如水。

现在，尤三姐要把梦想中的柳湘莲变成自己的生活，可以说这是一个冒险。

贾琏答应为尤三姐去寻访柳湘莲，但这个人行踪不定，一时也没有办法可想。

无巧不成书，贾琏随后出远门办事，没几天，竟在路途中遇到了柳湘莲。两人本来相熟，于是贾琏说起他娶了尤二姐，如今要给尤三姐选个郎君，说她的品貌好到"古今有一无二"，从古到今算来都是最美的，跟柳湘莲真是很般配。他没有说这是尤三姐自己的选择，在那个年代，这样说出来，会把人吓到的。

柳湘莲呢，他很高兴，他说："我本有愿，定要一个绝色的女子。"他这个人其实很自恋，一般的美女他还看不入眼，定要世间少有的"绝色"。如今有这么好的机会，他说："任凭裁夺，我无不从命。"他爽快地答应了，像个侠士的样子。

贾琏笑道："你我一言为定。"贾琏继续说，但是柳湘莲到处飘荡，行踪不定，不要误了人家，最好留下一个订婚的礼物。于是柳湘莲从行囊中取出一把宝剑，它是由雌雄两把剑合成一体的，叫"鸳鸯剑"，这是柳家的传家之宝。柳湘莲把这把剑交给贾琏带回去作为定礼，也足见他的诚意。

贾琏办完事，赶路回家，把剑交给了尤三姐。那剑精致而珍贵，抽出来，冷飕飕、明晃晃，如两道秋水一般。书中说尤三姐看到剑的样子："三姐喜出望外，连忙收了，挂在自己绣房床上，每日望着剑，自笑终身有靠。"幸福近在咫尺啊！

看起来这件事情一切都很顺利。其实呢，整个事情发展到现在，集合了众多危险的因素。尤三姐选定柳湘莲，是把梦想当成生活；贾琏是个做事马虎的人，他急于把尤三姐嫁出去，也没有向柳湘莲做必要的解释；而柳湘莲呢？为"古今绝色"四字所动，做出决定时，并没有细想。

很快柳湘莲就后悔了。所谓侠士"言出如山"，那是武侠小说的事情。《红楼梦》可不是武侠小说。

对柳湘莲来说，这事有两点可疑：一是，为什么女方那边主动向他提婚，又急急忙忙要他下定礼？二是，尤三姐是贾珍的小姨，而宁国府的风流荒唐，远近闻名。所以他找到宝玉，想要"细细问个底里"，他要弄清楚尤三姐到底是个什么样的人。

宝玉明白他要问的是什么。宝玉并不是很清楚贾珍和两个小姨之间的事情，但他也没有依据去打消对方的疑虑。他的回答是："你原只说要一个绝色的，如今既得了个绝色便罢了，何必再疑？"这回答实在很笨，几乎是证实了对方的怀疑。

柳湘莲听了，跺脚说道："你们东府里除了那两个石头狮子干净，只怕连猫儿狗儿都不干净。我不做这剩忘八。"如此肮脏的地方，还能走出干净的女人吗？说着他就转身去贾琏的新房，要索回他们家传的宝剑。

很多人按照程本修改的思路，试图把柳湘莲的悔婚，解释成一场误会。这把《红楼梦》理解得浅薄了。

我们前面说了，尤三姐的性格中，有截然相反的两面。一面，她曾经是个堕落的女人，柳湘莲并没有误解她；而另一

骆玉明给孩子讲 **红楼梦**

面，她是个单纯而充满幻想的、在爱情上极为专注的女人。可惜这一面柳湘莲看不到，尤三姐也没有机会对他说，他们是陌生人。

尤三姐在房内听到柳湘莲来了，正在向贾琏索要那把作为定礼的宝剑。她知道，柳湘莲之所以反悔，一定是在贾府中得了消息，嫌弃自己过去的丑事，不屑娶自己为妻。贾琏还在那儿唠里唠叨，只见尤三姐从房中走了出来，让两人不必多话，而后转向柳湘莲，说："还你的定礼。"这是尤三姐面对自己所爱的男人，一生中唯一说过的一句话，五个字。

尤三姐说完泪如雨下，左手将剑连着鞘送给柳湘莲，但她右手还藏着一把剑，那是雌剑。她的左手交出雄剑，右手回肘只往脖子上一抹。宝剑锋利无比，鲜血如陨落的桃花，洒满一地，尤三姐顿时身亡。

我想再说一遍：尤三姐其实爱的是自己的一个梦想，一个能够把自己从卑贱和堕落中解脱出来的梦想。正是她自己将自己引入危险的境地，但这也是她所需要和等待的。在一个戏剧化的场景中，她没有获得热烈的爱情，却获得热烈的死亡，而她的高贵得到了证明。

好了。我们把尤三姐的故事说完了。还有尤二姐呢？她正处在另一种危险里。什么危险呢？我们下一讲接着说。

第114讲

危机重重

上一讲我们说到尤三姐因为绝望而自杀。在这之后柳湘莲如何了呢？书中说他没想到尤三姐是如此刚烈的女子，悔恨莫及。后来柳湘莲遇到跛脚道士，这个人是《红楼梦》里多次出现的仙人，柳湘莲受他感化，拿宝剑截断自己的头发，跟着道士走了。这就是大彻大悟，了断尘缘，跟世俗世界分离了。

贾琏不久又出远门办事，留下了两个家。他买的新房就在贾府后门外的一条街上，两个家相隔不远。正像人们常说的，"没有不透风的墙"，贾琏做事又不缜密，消息总有一天会传到王熙凤的耳朵里。

故事的线索是从袭人这里开始的。有一天袭人忽然想起王熙凤身体不适，又听说贾琏出了远门，便去探望王熙凤。谁

危机重重

知道一走进院子里，只听王熙凤说道："天理良心，我在这屋里熬的越发成了贼了。"什么意思呢，就是说贾琏把她当贼一样瞒着防着。贾琏在外面纳妾怎么敢不瞒着王熙凤，他胆子没那么肥，但消息走漏到王熙凤耳朵里，王熙凤仍然格外不是滋味。

袭人听见这话，知道其中有缘故，但又不好回去，只得进去给王熙凤请安，说了会儿闲话。一会儿有个小丫鬟在外间屋里悄悄地对平儿说："旺儿来了。在二门上伺候着呢。"袭人便借机起身告辞。

平儿送出袭人回来，王熙凤又追问平儿："你到底是怎么听说的？"这就是袭人来之前，她们俩说到一半的话题，现在平儿继续把它说下去：原来是一个小丫鬟无意间听到两个小厮在说："这个新二奶奶比咱们旧二奶奶还俊呢，脾气儿也好。"这话被旺儿听到，呵斥了他们，并警告说："还不快悄悄儿的，叫里头知道了，把你的舌头还割了呢。"小丫鬟报告给了平儿，平儿又报告给了王熙凤。

你可能想起一个问题：前面我们不是说过，平儿善于在贾琏和王熙凤之间和稀泥吗？她以前明知贾琏在外找女人，也帮他瞒着，这回怎么变了呢？

其实并没有变。因为现在贾琏做的事情跟从前完全不一样。

他在外面乱搞，王熙凤当然也生气，但这不会侵害王熙凤的根本利益，闹一阵也就罢了。所以平儿尽可能帮贾琏瞒着。

现在贾琏是在外面买房子正儿八经娶了一个妾，而且在仆人嘴里，这个妾和王熙凤是同等称呼，都是"二奶奶"，一个是"新二奶奶"，一个是"旧二奶奶"。仆人当然是按照主人的要求来叫的，这后面体现着贾琏的立场。对王熙凤来说，这里面隐藏着极大的危险。平儿明白这一点，怎么还能瞒着王熙凤呢？

我们知道王熙凤病了很久。她这样好强的人，到了不能操劳管事的程度，就说明病得实在不轻。她生了什么病呢？在前两回曾经有过交代：王熙凤怀了个孩子，到六七个月时流产了，那是个男孩。流产后王熙凤身体一直流血，她显然有比较严重的妇科病，因此以后还能不能再怀孕生孩子，谁也说不准。

这样一个经历，对王熙凤来说是非常痛苦的。甚至，她由于心灰意冷，性格也变得不那么强悍了。就在这样的困境中，她的丈夫乐滋滋地在外面娶了一个貌美如花的"新二奶奶"，而这个年轻的女人非常有可能生下儿子，那将彻底动摇王熙凤在这个小家庭以及在贾府的地位。这就不能不激起她的愤恨和斗志。

王熙凤和平儿说了几句，就叫人传旺儿进来。

旺儿是王熙凤的心腹。你听他教训两个小厮，叫他们"还

危机重重

不悄悄的"，就证明他知道这件事。聪明的仆人需要知道得很多，却又装作不知道。所以他回王熙凤，说他只是听兴儿和喜儿在那里胡说，所以训斥了他们几句。"内中深情底里奴才不知道，不敢妄回。求奶奶问兴儿，他是长跟二爷出门的。"旺儿并没有说自己完全不知道是怎么回事，因为他知道王熙凤没有那么好糊弄。他只说自己不知"深情底里"，就是不知道详尽的内情，所以不敢随便报告。这话说得很有分寸。

旺儿说，这事要问兴儿。兴儿是谁呢？他是贾琏的心腹，总跟着贾琏。他岁数小，为人活泛，话多，一副聪明相，有一点贾琏的味道。

几天前，他在尤二姐那里，说了许多让"新二奶奶"开心的话。他说到贾琏夫妇有八个男仆在二门外分两批轮流值班（男仆是不能跨进二门的）。这八个人，有几个是奶奶的心腹，有几个是爷的心腹。"奶奶的心腹我们不敢惹，爷的心腹奶奶的就敢惹。"王熙凤强势，她的心腹仆人也强势。其实王熙凤用的人，应该是更加精明强干，但兴儿不这么理解。

兴儿说起王熙凤的为人，有一段很生动的话，是："嘴甜心苦，两面三刀，上头一脸笑，脚下使绊子，明是一盆火，暗是一把刀：都占全了。"这是《红楼梦》里批评王熙凤最严厉的话，很真实地说出了王熙凤的特点。虽然这些话都是民间俗语，但组合得那么生动，也足见兴儿的聪明灵巧。"言谈去得"，就是说话机灵，这本是贾琏的一个特点，兴儿长年跟随在贾琏身边，应该是受到了主人的熏陶。

但是，他被传到王熙凤门外，里面王熙凤厉声道："叫他来！"那兴儿听见这个声音，早已没了主意，不知道该怎么办了。进了屋，他刚想支支吾吾装傻，立刻被王熙凤喝命自己打自己嘴巴，他就乖乖地左右开弓，打了十几下。这么下来，聪明灵巧全都打飞了，只好把贾琏偷娶尤二姐的事，凡是他所知道的，从头到尾，一五一十，全抖出来了。

王熙凤也问得仔细。所有相关人员和这件事的关系，在事件过程中的作用和态度，都查究得明明白白。比如，她问成亲的那天，是谁送亲的，兴儿回答就是贾蓉和几个仆人。她就又追问："你大奶奶没来吗？"兴儿回答："过了两天，大奶奶才拿了些东西来瞧的。"这表明尤氏在这件事情上，既不积极，也不反对。把这些问题弄清楚，才能够针对性地采取对策。这就跟打仗一样，首先要知己知彼。

在这桩婚事中，还有个尤二姐原来许配过的张家，王熙凤原本完全不知情。兴儿随口说道："珍大爷那边给了张家不知多少银子，那张家就不问了。"王熙凤立刻追问下去，那张家是怎么回事，退婚是怎么回事，弄得清清楚楚。后来王熙凤正是从这里找到了突破口。

问清楚了，王熙凤严厉地警告兴儿和旺儿，不许对外透露一丝风声，然后独自陷入了沉思。在做一个重要决定、一件大

危机重重

事之前，王熙凤一定是要仔细斟酌、反复推算，这就叫"谋定而后动"。

王熙凤面临的危机，是前所未有、十分严峻的，这个我们刚刚已经说了。而这件事情又非常难办。

难办在哪里呢？我们如果站在王熙凤的立场，当然会觉得贾琏的行为荒唐可耻，但是，如果站在贾琏的立场，依据当时的正统礼法来解释，却也可以说是合法、合理、合情。

为什么合法？很简单，那时纳妾很正常。为什么合理？王熙凤没有生儿子。"不孝有三，无后为大"，当时纳妾最光明正大的理由，就是"为子嗣计"，为了后代兴旺。为什么合情？那是因为王熙凤是个"醋坛子"，琏二爷才不得已在外面偷偷纳妾，他还委屈了呢！

就算王熙凤有天大的本领，把这三条都扳回来，把这件事解释成不合法、不合理、不合情，要改变已经形成的局面，还有两个难处。

第一，这尤二姐从名义上来说，是尤氏的妹妹，贾府的近亲，又是贾珍做主嫁给贾琏的。贾珍、尤氏，那可是东府的主人，说话带响的，王熙凤能封住他们的嘴吗？

第二，尤二姐住在贾府的外面，和王熙凤相互阻隔，鞭长莫及，她没办法去支配尤二姐的行动。

危机重重，又是难上加难。换成别人，无论是谁，也只能认了。但是，要王熙凤听天由命、逆来顺受，那还不如要她的

危机重重

命。对王熙凤来说，越是严重的挑战，她的意志和智慧的力量就越强大。事关利益、地位、荣耀，她绝不认输。

只见王熙凤歪在枕头上出神，忽然眉头一皱，计上心来。那么，什么计策能应对如此复杂的难题？我们下一讲接着说。

贾府风波

苦尤娘赚入大观园 酸凤姐大闹宁国府

第115讲

骗取尤二姐

上一讲我们说到王熙凤通过盘问兴儿，弄清楚了贾琏偷娶尤二姐的经过。她面对一个难局，陷入了沉思，忽然心生一计，便叫平儿过来，跟平儿说了自己的第一步安排。她说这件事"也不必等你二爷回来再商量了"。

王熙凤第一步要做什么呢？她要让尤二姐搬进贾府来。尤二姐住在外面，王熙凤无法控制她，其他的事情也都没法做。现在正好有个机会：贾琏出远门办事了，短时间内也回不来。表面上王熙凤是说，这事就不等贾琏回来了，实际上是想趁贾琏不在，正好乘虚而入。

可是一个大活人，你也不能让她怎么做就怎么做是吧？下面我们就看看王熙凤的手段。

王熙凤先召集了各色工匠仆人，收拾了三间东厢房，完全按自己的正室的规格进行装饰，屋子里的陈设也一律按照自己的标准。这是她准备给尤二姐住的地方。但实际上，这是一个展览馆，展出的是王熙凤的贤惠与大度。把一个妾的住处安排得和正房夫人一样，谁能做得到呢？

完事后选了一个日子，王熙凤带着平儿和一群男女仆人，在兴儿的带引下，一直到了尤二姐门前叩门。

听到仆人报告，尤二姐吃了一惊，但是王熙凤已经来了，她也只能以礼相见。尤二姐看到的王熙凤是什么样子呢？只见王熙凤头上戴的首饰都是素白的银器，上身是月白色缎袄，下身是白绫的裙子，一身白，外面套一件蓝色披风，非常素淡。你还记得王熙凤第一次出场时的样子吗？说她衣饰华丽，还用了"辉煌"两个字来形容。那种华丽的衣饰配合高贵而凌厉的神气，会给对方一种压力，王熙凤向来喜欢这个。但是，今天她选择了低调。

同时，这身服饰还表明，王熙凤仍然在为去世不久的贾敬守孝。它无声地指出一个问题：贾琏娶尤二姐正是在为贾敬守孝期间，如果追究起来，这是严重的过错。王熙凤什么也没有说，她的一身服饰已经开始讲故事了。

接着王熙凤和尤二姐的一段对话，进一步显示了王熙凤杰出的表演才华。

王熙凤使用了她一生中从来没有用过的一种自称——"奴家"。这是身份低的女子向身份高的人说话时使用的。开始呢，

骗取尤二姐

尤二姐是这么对王熙凤说的,"若姐姐不弃奴家寒微,凡事求姐姐的指示教训"。尤二姐这是按礼相待,符合双方的关系。而王熙凤使用这个自称,则是为了放下身段,表明自己一点也不高于对方。她的岁数明显要大于尤二姐,但她却也坚持称对方为"姐姐",这也是表示敬重。她要诚恳地把对方抬高,最后抬到比自己还高的位置上,这样,对方就会忽视危险的存在。

我们看王熙凤怎样一层一层往下说。

第一层,她说现在这个局面,是因为贾琏误会了自己。她说:"皆因奴家妇人之见,一味劝夫慎重,不可在外眠花卧柳,恐惹父母担忧。怎奈二爷错会奴意。"我只是不让他找坏女人胡来,并不是反对他纳妾。我还劝过他"早行此礼,以备生育",就是早一点纳妾,希望生下男孩呢。如今娶姐姐为二房本是一件大事,怎么就搞成这个样子呢。

第二层,如今这情形,对琏二爷很不好。他一个贵门老爷,在外偷娶偏室,"使外人闻知,亦甚不雅观"。为什么说"不雅观"呢?因为它不像纳妾,一点也不庄重。王熙凤郑重其事地强调"二爷之名也要紧"啊！你我嫁给他，丈夫的名声能不考虑吗？

所以，"还求姐姐下体奴心，起动大驾，挪至家中"。请你体谅我的苦心，搬到贾府去住。然后呢，"你我姊妹同居同处，彼此合心谏劝二爷，慎重世务，保养身体，方是大礼"。我们两人像亲姐妹一样，同心合力，规劝二爷，让他好好做事，保养身体，这才是根本的道理啊！

在这一层劝说之中，我们需要注意，王熙凤有力地击中了尤二姐的弱点：尤二姐对自己当下的处境也是不满意的，因为这显得不明不白，不像名正言顺的夫妻。住到贾府去，也是她内心的愿望。

第三层，王熙凤低声下气，恳求尤二姐可怜自己，甚至可以说是救救自己。

这从何说起呢？古代对女性，特别是对正妻提出的道德要求，就是"不妒"，对丈夫娶小老婆不能有什么不满，作为正妻甚至还要亲自为丈夫挑选合适的女人做妾。如果因为妻子吃醋，使得家庭不和，甚至后嗣不旺，那就是很大的罪名了。

所以，王熙凤说，"我素日持家太严"，管家管得严，那些下人小人难免在背后添油加醋，说自己坏话。如今再加上这桩事，别人更要说她因为忌妒而损害了家庭，使后嗣不旺。所以，尤二姐如果能跟她一起回去，那些诽谤就不攻自破了。

在这一层说辞中，王熙凤把自己描绘成了一个等待尤二姐伸手救援的弱者,"今生今世奴之名节全在姐姐身上",王熙凤甚至对尤二姐说,"姐姐竟是我的大恩人"。面对这样的弱者,这样一个需要自己去拯救的人,尤二姐还有什么可惧怕的呢?

第四层意思,那就是耍无赖了。"若姐姐不随奴去",那怎么办呢?她也不走了,"奴亦情愿在此相陪"。这话其实隐含着一种威胁的意味,就是说今天无论如何都得走。但话说出来,表面上还是苦苦哀求的腔调,"奴愿作妹子,每日服侍姐姐梳头洗面"。这话的意思就是你来做正室,我来做妾、做仆人,我天天侍候你。话说到这个地步,"只求姐姐在二爷跟前替我好言方便方便,容我一席之地安身,奴死也愿意"。你们做一对好夫妻吧,给我留一条生路就行。这么说着,王熙凤还呜呜咽咽哭起来。

这一层说辞的特点,是硬话软说。让尤二姐一定要搬进贾府去住,这个态度是带着强迫性的,但说话的态度,却是非常谦卑,是苦苦哀求的。这也成为一种强迫对方的方法,王熙凤也太聪明了!

你说是演戏,她也不完全是演戏。王熙凤为了达到自己的目的,低声下气地求人,虽说这是一个计谋,终究也是无奈。想到丈夫的薄情,想到自己那个已经长成人形却流产的胎儿,王熙凤内心也真是苦悲。

我们再说那尤二姐的为人,大体可以用三个词来说:轻浮、善良、软弱。谁能哄她,她就能跟谁走。她见了王熙凤这般低声下气、孤苦无依的样子，心里实在是同情王熙凤，就也陪着滴下泪来。

眼泪会把人连到一起，两个女人一起流泪，就好像心和心之间开了一条运河，互相打通了。但这只是尤二姐的傻念头，王熙凤始终是冷静的。话说到这里，她知道差不多了，于是又把平儿介绍给尤二姐，又让周瑞家的从包袱里取出四匹上等的绸缎布料、四对镶嵌珍珠的黄金首饰作为见面礼，礼数很周到。尤二姐是贫寒出身，见了这些贵重的东西，心里很是欢喜。

二人对坐吃茶，各人说些以往之事，气氛越来越融洽。王熙凤一再埋怨自己做得不好，求对方宽恕。尤二姐呢，也跟她"倾心吐胆"，就是掏心掏肺吧，越说越亲，竟把王熙凤认成了知己。尤二姐是小户人家出身，她见到的冲突，无非是直起嗓子吼，再不然就是拳头、棍棒，哪里见过大户人家面上一团和气，暗地里杀机重重这种架势啊？所以等到周瑞家的告诉她"已经预备了房屋，奶奶进去一看便知"，她就自己提出来"原该跟了姐姐去"。那这边房子怎么办呢？她就说："这几件箱笼拿进去罢。我也没有什么东西，那也不过是二爷的。"老天爷啊，那几个箱子，装的是贾琏用心攒下来的私房钱！王熙凤竟然还意外得了一大笔钱财！

王熙凤催着尤二姐穿戴好了，两个人携手上车，又同坐一处，像亲姐妹似的。那么她们是不是直接回到王熙凤收拾好的

骗取尤二姐

院子，让尤二姐住进新装修好的三间东厢房呢？并不是。

在路上，王熙凤悄悄告诉尤二姐："我们家的规矩大。这事情老太太一概不知，倘或知二爷孝中娶你，管把他打死了。"所以呢，你先到一个花园去住两天，等我想个法子跟老太太、太太回明白了，再去见她们。尤二姐此时也无话可说。一行人从后门进了大观园，王熙凤悄悄地求李纨收留尤二姐几天。她说的道理也像那么一回事，李纨就同意了。

王熙凤想干什么呢？让尤二姐搬进贾府来住，当然不是她的最终目的。她要设计一个复杂的剧情，给尤二姐重新设计一个身份，使事情能够按照她的意愿来发展，最终彻底解除她的心头之患。这里面还有很多事情有待安排，所以要找个地方安顿尤二姐过渡一下。我们很快就会发现，王熙凤何止是一个优秀的演员，她还是一个杰出的编剧兼导演呢！

王熙凤的戏如何演下去？我们下一讲接着说。

挑起官司

上一讲我们说到王熙凤把尤二姐骗进了荣国府,临时安置在大观园李纨的住处,然后王熙凤就开始采取一系列的行动了。

王熙凤还是先在尤二姐这边做铺垫。她把尤二姐身边的仆人都撤了,换了个名叫善姐的丫鬟。这善姐不是个善茬儿,没几天就不服使唤起来。有一次,尤二姐跟她说没了头油了,让她告诉大奶奶(王熙凤),拿些过来,那善姐滔滔不绝来了一大段。先是告诉尤二姐,这大奶奶王熙凤有多尊贵、有多忙,"上下几百男女,天天起来,都等他的话"呢,怎么能为这点小事去麻烦她,这也太没眼色了。然后善姐又羞辱尤二姐,"咱们又不是明媒正娶来的",身份不正,不三不四的人,还考究个啥呢?最后再威胁尤二姐,大奶奶是"亘古少有的一个贤

挑起官司

良人"才这样对你好,若差些的人,"把你丢在外,死不死,活不活,你又敢怎样呢"!听她这么一说,尤二姐不由得低下了头。

之后那善姐连饭也不愿好好给尤二姐拿,早一顿晚一顿,拿来也都是剩的。说她几句,她就大嚷大叫,说那些难听的话。尤二姐无可奈何,只能忍着。

可是隔上五天八天见王熙凤一面,王熙凤总是和颜悦色,满嘴里"姐姐"不离口,还和尤二姐说,倘若下人不好好伺候,"只管告诉我,我打他们"!王熙凤也是会演戏,尤二姐也是蠢,还真把王熙凤当好人。

这出戏演的是什么呢？是警告尤二姐要正确认识自己，并且要懂得，进了贾府，她的一切都掌握在王熙凤手里。因此，在需要的时候，她必须按照王熙凤的剧本来演出。

我们在前面也说过，贾琏偷娶尤二姐的事情，也可以解释成合情、合理、合法。王熙凤想要破坏掉这桩婚姻，哪怕生米煮成熟饭，也要把它倒进水沟里去，她就需要把这三条都扭转过来。

王熙凤把尤二姐接到贾府，让人看到她这个做正妻的何等贤惠，就已经证明了贾琏的做法是不合情的——这么好的老婆，你不是瞎折腾吗？贾琏在守孝期间纳妾，悄悄地做了也没人管，但是王熙凤如果把它张扬开来，这就是不合礼制，也就是不合理。至于要说它不合法，王熙凤也找到了突破口。

尤二姐曾经许配过人家，那个与她指腹为婚的男子名叫张华。张华如今十九岁，家里败下来以后，他整日在外嫖赌，不正经干活谋生，被父亲撵出来，在赌场里存身，给赌场打打杂，混点吃喝，混个睡觉的地方。贾琏要娶尤二姐，曾经让尤老娘给了张家十两银子退亲，但这笔银子被张华的父亲收下来了，张华也没有见到。

王熙凤已经派人把张家的情形打听得清清楚楚。她封了二十两银子给旺儿，命他把张华弄过来养着。二十两银子不算少，好吃好喝是够的。养着张华干什么呢？为的是让他写一张状子，去衙门告贾琏，说贾琏"国孝家孝之中（国孝是老太

挑起官司

妃的丧礼，家孝指贾敬的丧礼），背旨瞒亲（违背皇帝的旨意，瞒着父母），仗财依势，强逼退亲，停妻再娶"等等，一长串罪名。妻子能够这样害自己丈夫吗？王熙凤就能。你对我无情，休怪我无义。

这个张华虽然不成器，却也深知贾府告不得，不敢答应。旺儿回了王熙凤，王熙凤气得大骂，让旺儿传话："便告我们家谋反也没事的。"<mark>在《红楼梦》里，王熙凤说过一些非常豪气的话，这也算是一句。她很自信，无所畏惧，她也因此给自己挖下了陷坑。</mark>

为了让张华明白这事不会让他惹祸上身，王熙凤也就说了告状的目的，"不过是借他一闹，大家没脸。若告大了，我这里自然能够平息的"。在古代社会，有身份有地位的人家是尽力避免打官司的，"对簿公堂"被认为是不体面的事情。王熙凤说"大家没脸"，意思就是要让宁国府的人丢脸。如果他们丢不起这个脸，那就乖乖地按王熙凤的主意办。

可是，张华告的是贾琏，怎么牵扯到宁国府去呢？我们接着来看王熙凤是怎么导这出戏的。

张华听完旺儿转述王熙凤的话，知道王熙凤能掌控局势，他也就答应了。他和旺儿两个商议，写了一张状子。王熙凤怕张华不经世面，说不好，吩咐他在状子里把旺儿一起告上去，官老爷传旺儿到案，很多事情，就可以让旺儿跟官老爷说。

第二天张华便按王熙凤的安排往都察院喊了冤。为什么要到都察院喊冤呢？因为都察院是古代重要的高级法律机构，它的重要功能之一就是对官员进行督察，而贾琏名义上是个五品官。还有一个原因很重要，书中简单说了一句"都察院又素与王子腾相好"，都察院是他们老王家的关系户。这个王子腾，我们在《红楼梦》里始终只看到他的影子，但他又是整部小说里，对重大事件的发展和各种人物关系影响最大的一个角色。《红楼梦》写王子腾的手法，很值得思考。

都察院大老爷坐堂看状，见是告贾琏的事，还牵涉家仆旺儿。贾琏不好弄，就先把旺儿传来对词，"对词"就是验证状子上说的是不是事实。

旺儿来了，在都察院的大堂，他和张华按照王熙凤的设计开始演戏。"我不敢说啊""你必须说啊"，这么七七八八，最后旺儿说了，还有一个人牵涉在案，那就是贾蓉。都察院老爷是个正二品的大官，见一个小无赖竟把宁、荣两府全告了，他自然明白这其中有蹊跷。他也不动声色，派人去传贾蓉。但你看下文就知道，都察院老爷实际并没有派人去，他在等着，看这场戏接下来怎么演。

王熙凤又差人暗中打听，听说案子已经发动起来，便忙将一个叫"王信"的唤来。

我们注意一下，这位王信还是第一次出场。王熙凤让他干什么呢？让他去跟都察院沟通。

这天晚上，王信带了三百两银子来到都察院老爷的私宅，

挑起官司

"安了根子"。什么叫"安了根子"呢?就是跟都察院老爷串通好了,让他按照王熙凤的剧本来演。没有"根子",把握不了事情的走向,都察院老爷兴致要是不好,很可能会给你来点意外。那接下来该怎么演呢?王熙凤只要求都察院老爷虚张声势,吓唬贾蓉及贾珍夫妇。三百两银子,就算是演出费吧。

你会不会想到一个问题:王熙凤手下有的是人,为什么特地把王信叫过来?我们需要注意的是,状告宁、荣两府,是件大事,而都察院老爷是个大官。要让这样的事情完全按照自己的意愿来办,那可不只是花三百两银子的演出费就能做到的。

这个王信代表的是王家。你看他可以随意进入都察院老爷的私宅去办事,只是"说了一声"就把事情办完了,由此你可以体会到,他是经常代表王家跟其他官员沟通的人。王熙凤为了解救她在贾府的危机,动用了王家的势力。

那个都察院老爷深知原委,收了银子。次日回堂,这回是真的传贾蓉对词。

贾蓉正忙着贾珍的事,忽然有人来报信,说有人去告他了,要快做准备,想办法应对安排。报信的是谁呢?是衙门里办事的人,这些人专门给有钱有势的人家通报消息,捞点外快。

贾蓉立刻慌了,忙去找贾珍。贾珍说:"我防了这一着,只亏他大胆子。"这地方贾珍的话好像有点含糊,贾珍说的"他"究竟是谁呢?你要是认为是张华,那就错了。张华只是一个小无赖，他的状纸根本就进不了都察院，更不可能让都察院下令传贾蓉。贾蓉身上可是有五品的官衔。这个官衔还是贾珍为了秦可卿给贾蓉买的。

报信的人当然会告诉他们，在都察院大堂上申说事由的，除了张华，还有旺儿。知道有旺儿参与，贾珍、贾蓉立刻就明白这背后是谁。王熙凤这是直接动官司跟宁国府干上了，贾珍不禁感叹，王熙凤好大的胆子啊！

该怎么办呢？只能先顾眼前了。贾珍立刻封了二百两银子派人去打点都察院，又命家仆去对词。衙门传的是贾蓉，送了钱，贾蓉就不用去了，派个家仆去回话对付对付就行。

对都察院老爷来说，贾家的人轮流送钱给他，打一场虚张声势的官司，那也是很愉快的事情。

这边贾珍和贾蓉正在商议，有人报告："西府二奶奶来了。"你还记得最初贾老太君向黛玉介绍王熙凤，说她是个"凤辣子"吗？下一讲，就让你见识一下什么叫"凤辣子"！

大闹宁国府

上一讲我们说到贾珍和贾蓉正忙着打点官司，有人报："西府二奶奶来了。"贾珍吃了一惊，急忙要同贾蓉躲藏起来。不想王熙凤已经进来了，口中说："好大哥哥，带着兄弟们干的好事！"贾蓉连忙上前请安，王熙凤拉了他就进去。这时贾珍就趁机溜走了。

王熙凤的所作所为，贾珍想不到，其他人更想不到。这个大闹宁国府的过程，充分显示了她的大胆泼辣。

但是对这件事，我们先要理解几个要点：第一，你不能把她的行为理解为任性和单纯的发泄，王熙凤的嬉笑怒骂，每一步都精确地指向预定的目标。第二，她的目标，是希望在对待尤二姐这件事情上，宁国府的人能够按照她的意志来行动。第三，我们需要知道，宁、荣两府是一种特别的关系，一方面利害相关，交往密切；另一方面是各家管各家的事，互不相犯。所以宁国府的人没有理由听王熙凤的。第四，正因为如此，王熙凤要让宁国府的人惹上麻烦，要让他们清楚地认识到，这事只能听王熙凤的，否则永远不得太平。

所以，贾珍能够趁机溜了，并不是因为他动作特别利索，而是因为王熙凤不想跟他纠缠。王熙凤是要紧紧地咬住尤氏，通过她，把压力转移给贾珍和贾蓉。

当王熙凤拉着贾蓉走进上房时，尤氏迎了出来，王熙凤的第一个动作是什么？对着尤氏的脸啐一口唾沫！这个动作是贵夫人之间从来没有见过的，而尤氏和王熙凤平日亲如姐妹，更想不到她会有这么一招！这口唾沫严重违反常情，它传递出什么信息呢？就是事情严重了！

严重在什么地方呢？王熙凤骂尤氏："你痰迷了心，脂油蒙了窍，国孝家孝两重在身，就把个人送来了。"前面我们已经说过，"国孝"指老太妃的丧礼，"家孝"指贾敬的丧礼。就是说，你们在这种情况下撮合贾琏纳妾，是违反朝廷王法、违反祖宗规矩的啊，这不是昏了头吗？贾琏悄悄娶了尤二姐，本来是一件含含糊糊的事情，但是王熙凤按照最严格的方法，给它加上了严重的罪名。这样说，包含着一层威胁，意思就是：这事情要是闹大了，没人担当得起！

还严重在什么地方呢？你们这么混账，平白无故地又把我王熙凤给陷到坑里去了。她说："这会子被人家告我们，连官

大闹宁国府

场中都知道我利害吃醋,如今指名提我,要休我。"这个案情完全是王熙凤编造出来的,但是你也无法跟她争辩。王熙凤还说自己,"我又是个没脚蟹",自己是个没有脚的螃蟹,没有本领的人,遇到这样的事情,自己真的是走投无路了。你们为什么要害我呢?

你要是跟她争辩,你王熙凤怎么会是"没脚蟹"呢?你横行霸道着呢!那可就不是一口唾沫的问题了。

还严重在什么地方呢?你们这样害我,令人感到可疑了。难道是老太太、太太有了话在你心里,她们暗示了你什么,让你做这圈套,要挤我出去?王熙凤是老太太、太太的宠儿,谁都知道。王熙凤这么说,就是表示因为你们胡闹,自己没法在贾府待下去了,可是自己要走,没那么太平,必定要把老太太和太太这两尊菩萨牵扯进来,这可是天大的风波!

那么怎么办呢?王熙凤说:咱们两个先去见官,把话说个明白。回来咱们共同请了全族的人,也说个明白,然后给我休书,我就走路。王熙凤一边说,一边大哭,拉着尤氏,一定要去见官。

这架势就是要把事情闹个昏天黑地,而且,一时之下,别人也不知道王熙凤真正的想法是什么,急得贾蓉跪在地下碰头,只求"姑姑婶子息怒"。王熙凤既是他姑妈又是他婶子,他一起叫出来了。

王熙凤一面又骂贾蓉:"天雷劈脑子五鬼分尸的没良心的

骆玉明给孩子讲 红楼梦

种子！"根据小说后面的交代，我们知道王熙凤没读过书，只认识很少的字。可是她的语言多么精彩啊，尤其骂人的时候，那个活泼爽快，没人可比。

尤氏和贾蓉都低声下气地求王熙凤，但王熙凤觉得火候还没到，又滚到尤氏怀里，书中说她"嚎天动地，大放悲声"，哭得惊天动地的。我们现在去理解王熙凤，就知道她既是有计划的，又真的很悲哀。

在哭喊的同时，王熙凤仍然不停地诉说自己的冤屈，要去见官，要去见老太太，要召集族人公议，宣称"只给我一纸休书，我即刻就走"。没有什么新的说道，只是动作更加猛烈了。把尤氏揉搓成一个面团，衣服上全是眼泪鼻涕。

王熙凤为什么吃定了尤氏而大闹宁国府？首先当然是因为她这种方式只合适用来对付尤氏。还因为尤氏是尤二姐的姐姐，将来她要收拾尤二姐，要先让尤氏知难而退。还有一个隐晦的原因，就是尤氏虽然表面上身份尊贵，但娘家没有势力，在宁、荣两府，都没有真正的影响力。如果尤家也跟王家一样，王熙凤就不是这个样子了。

尤氏实在是无可奈何，也哭了。这事是贾珍与贾蓉爷儿俩闹下的，尤氏说，自己也劝了，他们不听啊。所以呢，"怨不得妹妹生气，我只好听着罢了"。这是说你光折腾我也没有用，我顶多就是受着罢了。这就把球踢给贾蓉了。

贾蓉名义上是尤氏的儿子，但并不是她所生，也根本不听她的。事到如今，贾蓉不能再躲了，他知道，不给一个实质性的回应，王熙凤肯定不答应。他又跪下来给王熙凤磕头，说这事原不与父母相干，都是自己"一时吃了屎，调唆叔叔作的"。可这官司呢，还求婶子料理。"婶子是何等样人，岂不知俗语说的'胳膊只折在袖子里'。"说这话的意思是，官司是你挑起来的，当然还得由你来消。该怎么办由你，只求给我们留一条路就行。

这才是王熙凤所要的态度。这时王熙凤及时转向，神情和言谈都变了，她反向尤氏赔礼，说自己年轻不懂事，吓昏了。方才得罪了嫂子，嫂子要体谅自己。

这脸说变就变，不变不行是吧？因为接下来就要商量采取什么措施来解决问题。

表面上，他们是在谈张华告贾府的官司如何了结，但实质上要谈的是，想要摆平这桩案子，需要满足什么样的条件。话来语去，贾蓉就明白了王熙凤的念头，提出了一个很好的建议：我直接去问张华，问他是要人呢还是要钱？要钱就给他钱再娶个老婆；他若说一定要人，"少不得我去劝我二姨"。叫尤二姐出来，仍然嫁给张华去。这个念头很无耻，但是很符合王熙凤的心意。

可是王熙凤嘴上可不能这么说，她说还是多给他钱为是，"我断舍不得你姨娘出去"。说到钱，王熙凤大闹宁府的过程里，还夹着一个细节。王熙凤挑起官司，不是花钱了吗？张华

大闹宁国府

二十两,都察院三百两。这银子她不愿出,哭闹时就说了,她为了打点官司,已经花掉了五百两。尤氏和贾蓉连声答应,马上会把五百两银子送过去。你看王熙凤厉害不厉害?王熙凤很冷静,办这桩事情她还赚了一百八十两。好你个王熙凤,太绝了!

对王熙凤来说,这事还有一层未了。她对尤氏说:"外头好处了,家里终久怎么样?你也同我过去回明才是(这是说在老太太、太太面前也要有个交代)。"尤氏又慌了,拉着王熙凤讨主意,问她要如何说才好。这不是因为尤氏笨,而是她需要知道王熙凤怎么想。

王熙凤嘲笑尤氏,没本事还要惹麻烦。可她却说"我又是个心慈面软的人",不帮你自己心里过不去,"说不得让我应起来",就是由我来解决,你们就别露面了。她把主动权完全捏在了自己手里。

前面我不是说过,王熙凤把尤二姐领入贾府之后,盘算着给她设计了一个新的身份。什么样的身份呢?你看王熙凤是怎么跟尤氏说的,她说:我领了你妹妹去给老太太、太太们磕头,就说她是你妹妹,我看上了觉得很好,愿意娶来给贾琏做二房。目的就是为了给家里添丁增口。你看,这么一说,王熙凤不仅不是醋坛子,还是古代典范的贤惠女子呢!

更重要的内容在后面。王熙凤说,她会告诉老太太,是她考虑到尤二姐父亲和妹妹都不在了,一个人在外面生活艰难,所以把她带进贾府居住。只等贾琏守孝期满了,再让他们圆房。后面这句话是关键。尤二姐和贾琏悄悄成亲已经有了一段日子,她还怀上了贾琏的孩子,但是王熙凤要把她的角色设计成一个还没圆房也就是还没正式成亲的女子。这是为什么?你想想前面她和贾蓉商量的,准备让张华把尤二姐带回去,就明白了。

　　王熙凤大闹宁国府,进一步完成了她的剧情设计。对她来说,一切都能如愿以偿吗?我们下一讲再说。

118讲

又生一计

上一讲我们说到王熙凤大闹宁国府,威逼宁国府的人按照她的意愿来行事。事成之后,王熙凤很得意地领着尤二姐去见贾老太君。

只见王熙凤带了尤二姐来到贾母房中,让她给太婆婆磕头,然后自己也笑着跪下,将在尤氏那边编好的一套故事,一五一十细细地说了一遍:是她看中了尤氏的这个妹妹,要她给贾琏做二房,望老祖宗发慈悲,先准许她进来,住一年后再圆房。贾母听了,很是夸奖王熙凤,说她真是贤妻。

对王熙凤来说,带尤二姐拜见贾母的真实意义是什么?是在这位贾府第一号权威人物面前确认王熙凤为尤二姐精心设计的身份,并由此广泛地告知贾府的所有人。这样,剧情就能进一步按照预定的计划往下走。

王熙凤另外派了人暗暗调唆张华，叫他一定要讨回原妻，这里不仅要给他许多陪嫁的东西，还给他银子安家过活。张华原本无胆无心告贾家的，但是王熙凤让人告诉他："你只要亲事，官必还断给你。"这就是明白告诉张华，官府那边已经打点好了。于是张华坚持告下去。都察院那边，仍然是王信去沟通消息。都察院老爷便传了张华和他父亲，在公堂上批了状子，"其所定之亲，仍令其有力时娶回"。这是官府断下来的案子。张家无缘无故人财两得，心情很好，就拿了批文，告诉贾家，他要去领人。

王熙凤来回贾母，装着一脸惊慌的样子，表示她吓着了。她说珍大嫂子（尤氏）干事不明白，和那家退婚没退准，被人告了，官府如此断下来。

老太太把尤氏和尤二姐一起叫来，讨论这件麻烦事。这时，王熙凤说出了关键的台词："幸而琏二爷不在家，没曾圆房，这还无妨。只是人已来了，怎好送回去，岂不伤脸。"前面费劲地设定尤二姐还没圆房这么一个情节，就是为了现在这句话做铺垫的。

王熙凤说了"没曾圆房，这还无妨"，无妨什么？无妨还给张家。这本来是一句完整的话，但她只说半句，又转过来说似乎也不好，怕伤了脸面。她铺垫好了，把最重要的话留给贾母说。

没圆房就是没成婚啊，这没什么伤脸面的。贾母说道：

又生一计

"又没圆房，没的强占人家有夫之人，名声也不好，不如送给他去。"到这里为止，所有的剧情发展都符合王熙凤的设计。

但王熙凤设计的剧情实在过于复杂，演员呢也并不总是听调配，再往下故事就开始变了。先是尤氏和尤二姐都急了，赶紧说明退婚是退准了的，哪一年哪一月哪一天，尤二姐都记得清楚，张家是穷极了乱告。老太太也觉得有道理，便吩咐王熙凤去"料理料理"，就是把事情给理顺。老太太自然明白，穷极了乱告状的无赖，能有多大能耐呢，背后或许别有缘故，需要王熙凤处理一下。

接下去贾蓉也演歪了。王熙凤派人去找贾蓉，本意是提醒他别忘了说过的话：劝他二姨回张家去。可是贾蓉和贾珍一商量，感觉这个办法实在不成体统，于是玩了一招"釜底抽薪"。他们派人劝张华：既然得了许多银子，赶紧走吧，弄不好"你死无葬身之地"。你一个穷光蛋，挤在王熙凤和宁国府之间，不怕死吗？张华立刻就明白了，跟父亲数好银子，前后所得，将近一百两，赶紧溜回原籍去了。贾蓉把事情回复了贾母、王熙凤，说："张华父子妄告不实，惧罪逃走，官府亦知此情，也不追究，大事完毕。"这个回复对王熙凤来说是一个很大的讽刺啊。

戏演了一半演砸了，王熙凤岂能甘心？但想要重新编写剧本，一时却没找到素材。她暂且先把尤二姐安抚好。这时尤二姐已经住进了王熙凤给她特地装修的东厢房，"凤姐和尤二姐

和美非常，更比亲姊亲妹还胜十倍"。王熙凤那种可爱的样子，可爱之下深藏的怨毒，你可以自己去想象。

过了不久贾琏回来了。他先去探望尤二姐，那里已是人去房空。回到贾府的家中，却是王熙凤和尤二姐一同出来迎接。王熙凤的容颜也是温柔和顺，跟往日不同。

贾琏这次出门是为父亲贾赦办事。贾赦对结果十分满意，说他中用，将房中一个十七岁的名唤秋桐的丫鬟，奖赏给他为妾。贾琏跟王熙凤说了这件事，脸上神色还蛮得意的。王熙凤听了，连忙派人去贾赦那里把秋桐接了过来。心中一根刺还未除，又凭空添了一根刺，这真是恼火的事情。但是用一根刺去剔除另一根刺，难道不也是一个好办法吗？

王熙凤于是又有了新的构思。她表面对待尤二姐那是没得说，却在一次没人的时候对尤二姐说了这样一通话："妹妹的声名很不好听，连老太太、太太们都知道了，说妹妹在家做女孩儿就不干净，又和姐夫有些首尾。"这里"姐夫"是说贾珍，和姐夫有首尾，就是说两个人有不正常的关系。王熙凤还说，她自己也被人骂了，别人骂她："没人要的了你拣了来，还不休了再寻好的。"这对尤二姐是羞辱性的话，却也打中了尤二姐的弱点。

尤二姐要生气吧，却连个生气的人也找不着。那王熙凤是站在她一边的，王熙凤说自己"听见这话，气得倒仰"，那好像是说了她自己似的。要查呢，王熙凤也说了，查不出来。尤

又生一计

二姐只能在心里闷着。

这话王熙凤对尤二姐说了两遍。王熙凤不是说自己很生气吗？这一气竟把自己给气病了，茶饭也不吃。本来王熙凤和尤二姐是一起吃饭的，现在尤二姐这边每日由下人端了菜饭到她房中，那都是些没法吃的东西。

而王熙凤说过的那些侮辱性的话，在周围已经人尽皆知。除了平儿，众丫头媳妇无不说三道四，指桑骂槐，暗下讥笑。这种恶毒的声音随时从不同的方向穿透进来，整个地笼罩了尤二姐。在王熙凤布下的阴影里她可以说是无处可逃。

你或许要问：贾琏不是回来了吗？他不是很喜欢尤二姐吗？为什么不能给这可怜的女人一点庇护呢？

这里我们给琏二爷做个总结。他也许不是特别坏的人；优柔寡断的人，通常总是有几分善良。但对女人来说，他却是彻底的灾星，谁沾了他谁倒霉。因为他好色而多欲，见异思迁，没有长性。他做事马虎，顾头不顾尾，又没有什么责任心。贾赦把秋桐赏给了他，他正在新鲜头上，从来最爱吃醋的王熙凤，这时又特别大度，任由他们自由欢乐，贾琏在尤二姐身上的心也渐渐淡了。

秋桐本来就是一个粗鄙的女人，自以为是贾赦把她给了贾琏的，认为自己身份很高，连王熙凤、平儿都不放在眼里。既然众人都以欺辱尤二姐为乐子，她就要更高调一些，张口就是"先奸后娶没汉子要的娼妇"如何如何。

王熙凤也恨秋桐，但她现在需要借刀杀人。她就找机会私下里劝说秋桐："你年轻不知事。他现在是二房奶奶，你爷心坎儿上的人，我还让他三分，你去硬碰他，岂不是自寻其死？"那个秋桐没脑子，又正在骄狂的劲儿上，越发恼了，天天对着尤二姐乱骂，宣称"让我和他这淫妇做一回（就是干一场），他才知道"。

尤二姐气得在房里直哭，饭也不吃，又不敢告诉贾琏。第二天贾母见她眼睛红肿，就问她怎么回事，尤二姐又不敢说。秋桐抓住机会，悄悄地告诉贾母，说尤二姐好好的成天在家里号丧，"背地里咒二奶奶和我早死了，他好和二爷一心一计的过"。

尤二姐的名声被王熙凤败坏了，贾母多少知道一些，又听了秋桐这番话，也很容易就相信了，对尤二姐就显出不喜欢的样子。众人见贾母不喜，不免又更加糟践起来，弄得这尤二姐真是要死不能，要生不得。

那尤二姐原是个柔弱的人，如何经得这般折磨，不过受了一个月的暗气，就病倒了，四肢懒动，茶饭不进，渐渐黄瘦下去。

尤二姐最后还有一个希望：她怀孕了。贾琏没有儿子，如果她生下个男孩，无论如何是贾府的一桩大喜事，母以子贵，她的处境怎么也会改善一些吧。一天晚上贾琏来看她，尤二姐哭着对他说："我这病便不能好了。我来了半年，腹中也有身

又生一计

孕,但不能预知男女。倘天见怜,生了下来也就罢了,若不然,我这命就不保……"别的更不用说了。她不能够指望贾琏对她有多好,只能指望贾琏怜惜这个未出生的孩子。这是一个女人走到末路的念头。

贾琏这时也被打动了,也哭着说:"你只放心,我请明人(明白人、好医生)来医治。"于是就出去马上请医生。这能够使尤二姐的命运好转吗?我们下一讲接着说。

机关算尽

上一讲我们说到贾琏让人去找医生为尤二姐治病,可是不凑巧,经常来贾府的王太医谋了一个军前效力的职务,到军队里去当医生了。所以,小厮们就只好请了个姓胡的太医。

这胡太医是胡来的。贾琏告诉他,尤二姐的身体情况,"恐是胎气",就是怀孕的反应。胡太医却不相信,搭了脉,很果断地说不是胎气,只是瘀血凝结,要用化瘀通经脉的药。在中医的原理上,保胎和化瘀,药物作用的方向是完全相反的。也就是说,化瘀的结果,可能就是打胎。

贾琏命人按胡太医的方子抓了药来,熬好后让尤二姐服下去。到了半夜里,尤二姐腹痛不止,竟把一个已经成形的男胎打了下来,之后还是流血不止,尤二姐就昏迷了过去。贾琏得知,大骂胡太医,再命人找他算账,可是胡太医早就卷包逃

机关算尽

走了。

这里《红楼梦》又一次使用了"留白"的手法。胡太医到底是昏庸加上蛮悍呢，还是受到了王熙凤的幕后指使？作者对此完全不加明说，我们也无从判断。这种手法，既给读者留下了很大的想象空间，同时也是暗示我们，世界上有很多事情，真相是被淹没在迷雾之中的。

但有一点我们是知道的：这个结果正是王熙凤所期待的。只是王熙凤的戏还没有演完。王熙凤比贾琏更着急十倍，连连感叹，说：咱们没福气呀。王熙凤还烧了香拜天拜地，祷告说，自己的病好不好就由它去吧，"只求尤氏妹子身体大愈，再得怀胎生一男子，我愿吃长斋念佛"。这就是一心一意为家庭生育儿子着想，连自己的命也不顾了。贾琏和众人见了，纷纷称赞。

这种假心假意的祷告没什么用，王熙凤当然是知道的。除了这个，她还要做一些有用的事情。她跟平儿说，尤二姐是不是犯了什么冲，冲得她这样。犯冲，这是中国民间一种带有迷信色彩的解释方法。于是她又叫人出去算命。结果怎样呢？算命先生说尤二姐跟一个属兔的女人冲犯。大家扳指一算，只有秋桐一个人属兔，就说是尤二姐这样是秋桐冲的。这个算命的过程当然是王熙凤的巧妙设计。

贾琏因为尤二姐流产而忙碌，动不动就发火骂人，秋桐看了心里本来就特别不开心，如今又无缘无故地说她是一个灾星，孩子是被她冲掉的，这就把她气疯了。这还不算，王熙凤还劝她说："你暂且别处去躲几个月再来。"那真是火上浇油啊！

秋桐本来就是个粗鄙之人，这会儿她骂起人来，更是不顾一切。先骂："好个爱八哥儿（金贵的宝贝），在外头什么人不见，偏来了就有人冲了。"就是说你这么一个下贱的人，还说什么冲不冲呢，有那么金贵吗？又骂："纵有孩子，也不知姓张姓王。奶奶稀罕那杂种羔子，我不喜欢！"这孩子是贾家的吗？靠得住吗？最后还要再夸耀一下自己："谁不会养！一年半载养一个，倒还是一点搀杂没有的呢！"骂得众人听了又想笑，又不敢笑。

王熙凤不是让秋桐避开几个月吗？不久，秋桐就在邢夫人面前哭着告了一状，说："二爷奶奶要撵我回去。"果真如此，是要得罪贾赦的。邢夫人不免把王熙凤和贾琏都指责了一通。秋桐更得意了，索性走到尤二姐窗户根底下大哭大骂起来。

秋桐的到来，给王熙凤提供了一个很好的工具。我们常说用人之道，是用人之长，发挥一个人的优势。对王熙凤来说，秋桐对自己有用的地方，就是她的蛮横、粗野、下流。王熙凤想尽办法把秋桐的这种"优势"调节到"最佳状态"，用来达成自己的目标。

再说尤二姐进了贾府以后，在王熙凤周围，只有平儿一个人试图给她一些帮助。这天晚上，平儿趁人不注意，悄悄过来

机关算尽

安慰尤二姐:"好生养病,不要理那畜生。"尤二姐在那样孤苦无助的境地中,得到平儿的安慰,非常感动,她拉住平儿哭道:"我若逃的出命来,我必答报姐姐的恩德,只怕我逃不出命来,也只好等来生罢。"

我要提醒你注意下面一段文字,《红楼梦》在看似简单的叙事过程中,笔法那样精致,信息那样丰富。

书中写道:"平儿也不禁滴下眼泪,说道:'想来都是我坑了你。'"你还记得吗?第一个把贾琏偷娶尤二姐的信息透露给王熙凤的,是平儿。所以看到尤二姐落到如此地步,平儿心里是有内疚的。你因此也可以知道,平儿过去试图帮助尤二姐,既是因为她善良,也和她的内疚有关。

但是平儿也要为自己的行为做出一种解释。她说:"我原是一片痴心,从没瞒他的话。既听见你在外头,岂有不告诉他的。"我傻,我愚忠,弄岔了,唉!

但这并不完全是真话。我们知道,贾琏在外面胡闹,平儿是帮他瞒着王熙凤的。尤二姐的事情不能瞒,是因为这触犯了王熙凤的根本利益。此刻平儿想把这件事情说成是由于习惯和无意造成的结果,而不是经过深思熟虑做出的决定,这反映出她内心的一种挣扎。她知道自己没得选择,但她又害怕在尤二姐的悲剧中,自己起的作用太大。因为她是善良的人,所以她才会有这样的内疚和挣扎。

平儿到深夜才走。前面我们说过,腹中的孩子是尤二姐最

后的希望,也是她唯一的牵挂。现在孩子没了,病又越来越重,环境又如此严酷,尤二姐实在没有什么可以指望的了,所以她吞了一块金子自杀了。

王熙凤的戏也演到了最后一幕。她看到贾琏搂着尸体大哭,也假意哭道:"狠心的妹妹!你怎么丢下我去了,辜负了我的心!"这就是演戏演久了,形成了惯性。

不过王熙凤马上就意识到事情已经结束,应该出戏了。贾琏在那里张罗丧事,王熙凤说,老太太、太太吩咐的,她生着病,忌讳进灵房,因此她不出来穿丧服,也不参与丧事。

贾琏按照常规,认为这种丧事应该从贾府的公费里开支,就跟王熙凤拿银子。王熙凤责问他:"什么银子?家里近来艰难,你还不知道?昨儿我把两个金项圈当了三百银子,你还做梦呢。这里还有二三十两银子,你要就拿去。"王熙凤不想让尤二姐活得舒服,也不想让她死得舒服。

贾琏没有办法,只得去开了尤二姐的箱柜,去拿自己从前交给她收藏的私房钱,可是打开了箱柜,"一滴无存",一个

机关算尽

铜子都没有了。那笔钱成了王熙凤的额外收入。幸亏平儿将一包二百两的碎银子偷了出来，悄悄地给了贾琏，才解了他一时之急。

在《红楼梦》的故事里，王熙凤的聪明和善于算计，是超越常人的。而她用心最深、算计最复杂，也是演技发挥得最好的一次，就是对付尤二姐这次。当然，我们也要对王熙凤有所理解，我在讲述这段故事之前，特别强调过王熙凤怀了六个多月的男孩流产了，她因此得了很重的病。她悲伤，她又灰心。贾琏和尤二姐愉快地结合，严重地刺激了她。但是纵然如此，王熙凤用心之深，下手之狠，仍然令我们不寒而栗。

我们说过，出现在小说第五回的《红楼梦》十二支曲子，对全书情节发展有预言作用。其中有一支曲子是关于王熙凤的，里面两句曲词经常被引用："机关算尽太聪明，反误了卿卿性命。"心机太深，最终会毒害到自己。

在尤二姐去世后的故事情节中，有一处与王熙凤的结局有关。当时，尤二姐的尸体暂时停放在梨香院，贾琏又搂着大哭，只叫"奶奶，你死的不明，都是我坑了你"！贾蓉就连忙上来劝他，又向南指大观园的界墙。这什么意思呢？王熙凤当时正在大观园与梨香园相邻的围墙边上，悄悄地听里面说话的声音。不知是什么人注意到了，告诉了贾蓉。而贾蓉提醒贾琏注意的，正是"隔墙有耳"。

书中说："贾琏会意，只悄悄跌脚说：'我忽略了，终久对出来，我替你报仇！'"什么叫"终久对出来"呢？他认为尤二姐"死的不明不白"，怀疑有人害了她，心里想，总有一天，会把这件事情查个明白。

贾琏不是一个性格坚强的人，但此刻，他心中生出了仇恨。并且，这仇恨有一天会被重新唤起。

不必说那么久远吧。有道是强者多敌，就是眼前，王熙凤的麻烦也没有结束。到底是什么呢？我们下一讲再说。

~风波渐起~
嫌隙人有心生嫌隙
鸳鸯女无意遇鸳鸯

120讲

风波渐起

在这之前我用了十一讲,去讲尤二姐和尤三姐的故事,这是《红楼梦》故事结构中一个比较大的板块,在这以后,贾府有两件重要的事情发生了。一件是贾政结束外放回到京城,又回到了贾府;另一件是八月初三贾母的八十寿辰。

《红楼梦》对这两件事做了简化处理。贾政回京,只用一两句话做了个交代;贾母的寿庆虽然稍稍多花了些笔墨,但还是属于略写,人物的活动细节写得比较少。

那么省下来的篇幅用来写什么?作者着重写了在准备贾母寿庆的日子里,发生的一桩非常琐碎的事情。这件事情本身是很小的,最后却导致邢夫人当着众人的面给王熙凤脸色看。读者如果不熟悉《红楼梦》的艺术特点,不懂得作者善于从细碎的、偶然的事件来反映人性真实,从而写出故事情节的重大变

风波渐起

化，就很难明白写这些琐事有什么意义。用一个大家熟悉的句子来说，这是写"风起于青萍之末"。重大的变化，都是从很小的地方开始露头。

七月二十八这一天，尤氏在荣国府参与招待客人，晚上她就住在大观园李纨的院子里。进了大观园，她见园子的正门与各处角门仍然没有关好，各色彩灯也都点着，就命跟随的小丫头去叫值班的女人，结果没有找到人，又命小丫头去传管家的女人。尤氏无非是告诫她们要及时关门熄灯，最多就是训斥几句，总之这事小之又小。

尤氏先去了怡红院。这边小丫头到了管事的女人的屋子，发现有两个婆子正在分菜和果子。小丫头就问她们：哪一位奶奶在这里？东府奶奶有话吩咐。

这两个婆子就是管事的，但听说是东府里的奶奶，就不大放在心上，也不愿去回话，简单扯个谎，回说："管家奶奶们才散了。"这事到这里本该结束了，可是小丫头比较较真，就说："散了，你们家里传他去。"听了这话，婆子就不依了，道："我们只管看屋子，不管传人。"小丫头听了也不依了，就说："嗳呀，嗳呀，这可反了！"接着还挖苦了她们一通。

这两个婆子吃了酒，有点恼羞成怒，不仅骂了小丫头一顿，最后还说："各家门，另家户，你有本事，排场你们那边人去。我们这边，你们还早些呢！"这话里的意思是，你们宁

国府的人,怎么管到荣国府来了?这话把尤氏也带上了。

小丫头来到怡红院,对着尤氏气狠狠地把方才的事都说了出来。你注意这里的形容词是"气狠狠",这必然会把两个婆子轻视尤氏的腔调用一种强化的方式表现出来。

尤氏向来不是厉害的人。小丫头不懂事,这些话要是私下里说,尤氏可能也就罢了。可是这会儿有两个尼姑和薛宝琴、史湘云在场,珍大奶奶的脸上顿时挂不住了,冷笑道:"这是两个什么人?"尤氏跟袭人说:"你去就叫这两个婆子来,到那边把他们家的凤儿叫来。"周围几个人劝也劝不下,这是要当面对质的意思。珍大奶奶没有受到尊重,让琏二奶奶过来

风波渐起

找平。

还是两个姑子会说话，笑道："奶奶素日宽洪大量，今日老祖宗千秋，奶奶生气，岂不惹人议论。"尤氏本来就有点虚张声势，如今有了很好的台阶，所以就顺势而下了。"不为老太太的千秋，我断不依。"

事情到这里就结束了吗？"风起于青萍之末"，本来很细微，但是如果有别的力量加进来，它就会迅速扩大。

当时袭人派了一个小丫头到园门外找人，要把关门熄灯的事给办了，可巧遇见周瑞家的，这小丫头就把这话告诉给周瑞家的。

我们知道周瑞家的是王夫人的陪房，她是一个觉得自己有脸面又喜欢多事的人。她不仅知道那两个婆子是谁，而且素来和她们不和，于是就跑过去把这事回了王熙凤，又说这两人平日就蛮横，如不施以惩戒，"大奶奶脸上过不去"。珍大奶奶被落了面子，咱们要维护她。

王熙凤也没怎么当回事，就说，等过了这几天，把两个人捆了送到宁国府里，任凭大嫂子发落，"或是打几下子，或是他开恩饶了他们，随他去就是了，什么大事"。

周瑞家的抓住这个机会，充分加以利用，公报私仇了。她立刻让人捆起这两个婆子来，交到马圈里派人看守，同时命一个小厮到林之孝家传王熙凤的话，叫大管家林之孝家的进来见珍大奶奶，周瑞家的要借机羞辱那两个得罪过她的婆子。

林之孝家的不知有什么事，忙坐车进来。她先去王熙凤那里，王熙凤传话让她直接去见尤氏。等林之孝家的去见了尤氏，尤氏反而觉得过意不去了，不肯与她细说，只说"谁又把你叫进来，倒要你白跑一遭。不大的事，已经撒开手了"。意思就是这事已经结束了。

林之孝家的回身出园去，可巧遇见赵姨娘，两人在一起说了一通话。赵姨娘耳朵长爱打听，在见到林之孝家的之前，她就已经知道了这回事，恰好她平素又和这些管事的女人们多有勾搭，就一五一十说给林之孝家的听。林之孝家的听了，笑道："原来是这事，也值一个屁！"屁大的事连夜把她叫进来，这也太不把大管家当回事了！赵姨娘赶紧跟着添柴："他们太张狂了些，明明就是戏弄你。"

林之孝家的是个老练的人，赵姨娘说这种挑拨的话，不能起什么作用。可是说来也是巧，她走出园子来，那两个婆子的女儿把她拦在门口哭着向她求情。林之孝家的被她们缠不过，就给她们指了一条路：原来，邢夫人的陪房费大娘的儿子娶了其中一个女孩的姐姐，林之孝家的对她说："你走过去告诉你姐姐，叫亲家娘和太太一说（让费大娘跟邢夫人说一下），什么完不了的事！"邢夫人和王熙凤一点也不亲，林之孝家的很清楚。这条路指出来，顺水推舟，就把一个刺毛球放在了邢夫人和王熙凤这对婆媳之间。

再说邢夫人因为鸳鸯的事情讨了个没趣，贾母对她越发冷

风波渐起

淡了,而王熙凤的体面反胜过她,她心内早已愤愤不平、闷闷不乐。因为贾母对她的态度,导致她身边的仆人也减了威势,常在邢夫人面前发泄不满。起先不过是告王夫人那边的奴才,后来渐渐告王熙凤的状,说王熙凤"只哄着老太太喜欢了他,好就中作威作福,辖治着琏二爷,调唆二太太,把这边的正经太太倒不放在心上"。邢夫人是王熙凤的婆婆,她才应该是"正经太太"。后来又告王夫人的状,说:"老太太不喜欢太太,都是二太太和琏二奶奶调唆的。"

长房和二房本来就是有矛盾的,但总还是能遮掩着,如今一条裂缝渐渐显露到表面上来。在这个矛盾里,又夹杂着邢夫人对王熙凤的憎厌,书中说她"近日因此着实恶绝凤姐"。

邢夫人的陪房费婆子,本来就对王夫人那边极为怨恨,常吃了些酒,嘴里就胡乱骂骂咧咧地出气。如今她听说周瑞家的捆了她亲家,越发火上浇油,仗着酒兴,指着隔断的墙大骂了一阵,然后走上来求邢夫人,说她亲家并没什么不是,"周瑞家的便调唆了咱家二奶奶捆到马圈里,等过了这两日还要打。求太太和二奶奶说声,饶他这一次罢"。邢夫人听了,没有说话。

第二天是家族内部的寿宴,众族人到齐,坐上席位开始看戏班子演戏。贾母在堂上接受晚辈磕头行礼,十分高兴。

邢夫人一直到晚间散席时,才当着许多人赔笑向王熙凤求情。我们知道贾府作为贵族世家,不管内在的矛盾有多深,表面的礼数还是很讲究的。邢夫人是婆婆，她对儿媳"赔笑求情"，这其实是表达愤怒的方法。无言之中，等于是说：你多了不起啊！你哪里还知道有个婆婆啊！

她说了什么呢？"我听见昨儿晚上二奶奶生气，打发周管家的娘子捆了两个老婆子，可也不知犯了什么罪。论理我不该讨情，我想老太太好日子，发狠的还舍钱舍米，周贫济老（周济穷人和老人），咱们家先倒折磨起人家来了。不看我的脸，权且看老太太，竟放了他们罢。"

这段话的主要意思是：老太太的生日，又没什么要紧事，你要什么威风？邢夫人不是聪明伶俐的人，但这段话却说得非常好，应该是预先酝酿好，在肚子里排练过的。而且她说完这段话，立刻上车去了，不容他人争辩。王熙凤毫无预备，当着许多人的面被婆婆羞辱，有多少聪明，一时也抓不着头绪，憋得脸都涨紫了。

这段故事在小说第七十一回。写到这里，贾府的衰败之相越来越明显。这种衰败是全方位多要素的。要素之一，是家族内部的分裂。再往后这裂隙进一步变大，最后引发了抄检大观园这一荒诞的事件。

而这一段故事的写法，也实在是微妙。它是通过很偶然的琐事，把全书的情节引向一个新的高潮。同时，作者也在有意无意之间阐明了一个深刻的道理：在人所组成的社会里，很多事情，是各种力量以不可预知和无法控制的方式相互作

风波渐起

用的结果。你不妨回头再看一看,"风"是如何"起于青萍之末"的。

这个事情后面还有许多变化,我们暂且放下。当天晚上贾母想起一件事,命鸳鸯到大观园传话给李纨、探春,由此引出了另一个故事。什么故事呢?我们下一讲再说。

第121讲

卑微的爱情

上一讲我们说到,鸳鸯为贾母去大观园传信。等事情办完了,她又一路往回走。刚来到园门前,只见角门虚掩着,还没上门闩。此时园内无人来往,只有当班的屋子里透出一些灯光,淡淡的月牙挂在半空。鸳鸯是独自一人,也不曾提灯笼,脚步又轻,所以当班的人没有注意到她。

偏偏这时鸳鸯想方便一下,就下了石路,往一块湖山石后面的大桂树下走去。这时已经是八月,是桂花飘香的时节了。

她刚走到石头后面,忽听到一阵衣衫摩擦的声音,着实吃了一惊。定住眼神一看,只见有两个人在那里,看见她来了,就想往石头后面的树丛里躲藏。鸳鸯眼尖,趁着淡淡月色看到一个穿红裙子的女孩,这个女孩身材高大丰满。这个身材很有特征,所以鸳鸯马上就认出来,那是迎春房里的司棋。鸳

卑微的爱情

鸳还以为司棋和别的女孩子也在这里方便，见自己来了，调皮玩耍，故意躲藏吓唬她，便笑起来叫道："司棋，你不快出来，吓着我，我就喊起来当贼拿了。"

这本来是鸳鸯说着玩的话，谁知司棋就从树后面跑出来，一把拉住鸳鸯，双膝一屈，跪下了。她做贼心虚，以为鸳鸯全看清楚了，怕她真的喊出声来，自己立马就大祸临头了，所以只得现身求饶，说："好姐姐，千万别嚷！"

鸳鸯反倒弄不明白这是怎么回事了，忙拉她起来，笑问道："这是怎么说的？"这是怎么回事呢？再看司棋，涨红了脸，流下眼泪来。

这时鸳鸯再一回想，刚才见到的另一个人影，恍惚像个小厮，心中便猜着了八九分。她是什么反应呢？书上说她自己反倒羞得面红耳赤，又怕起来。

别人的事，她羞什么？因为鸳鸯脸皮薄啊。怎么又是怕呢？不小心撞破了别人的隐私，这事情又非常严重，自己吓得不知道怎么是好了。

我们在这里再插进来说一下《红楼梦》塑造人物的艺术技巧。它总是在故事情节发展变化的过程里，通过不同的事件、场景，逐步增加人物的性格层面，使之越来越丰富。就说鸳鸯吧，我们之前对她的印象，主要来自她拒绝大老爷贾赦的逼婚。在那个过程里，鸳鸯表现得极其刚烈、果断，她的意志绝不可动摇。可是现在她却又害羞又害怕。因为她既是一个刚烈的女孩，也是一个娇羞的女孩。

鸳鸯定了定神，才悄悄地低声问："那个是谁？"司棋又跪下说道："是我姑舅兄弟。"是她表弟。鸳鸯啐了一口，说道："要死，要死。"这是女孩羞恼的口气。

话都已经说了，也就不用躲了。司棋又回头轻声地说："你不用藏着，姐姐已看见了，快出来磕头。"那小厮听了，只好从树后爬出来，磕头如捣蒜。

你从这两句描写里能够看到那个男孩吗？他是从树后面"爬"出来的，一出来他就不停地磕头。这就说明他胆小，他的希望总是捏在别人手里。

鸳鸯不方便跟这男孩说话，男女大防啊，况且他们又干坏事了，鸳鸯急忙要回身。司棋以为她恼了，要走，赶紧拉住她苦苦哀求，哭道："我们的性命，都在姐姐身上，只求姐姐超生要紧！"超生，这里的意思就是放他们一条生路。

鸳鸯答应了，说："你放心，我横竖不告诉一个人就是了。"这样才好不容易脱身。鸳鸯出了角门，脸上还红着，心里突突的，这真是意外之事。

我们现在来说司棋。在这以前，我们对司棋的印象，主要来自小说第六十一回厨房大战的情节。她个子高大壮实，性子暴烈，因为厨房主管柳嫂看人下菜碟，不肯单独为她炖鸡蛋，她就带着几个小丫头一通乱砸乱扔，宣称"大家赚不成"。她给我们的感觉是一个蛮横的姑娘。

而现在她是一个浪漫而冒险的爱情故事的女主角。

书中说，司棋从小和她姑表兄弟在一起，一起生活一起玩游戏。小时候两人说过一句玩笑的誓言，一个说将来除了对方不嫁，一个说将来除了对方不娶。这也谈不上私订终身，小孩嘛，但也是一种青梅竹马的人生幻想。

近些年长大了，彼此又出落得品貌风流。书里用"品貌风流"四个字，让我们知道司棋是一个身材高大却也长得不错的女孩。她表弟名叫"潘又安"，这是曹雪芹起的带有调侃意味的名字。潘安是古代有名的美男子，"潘又安"的字面意思就是潘安二号，表明他长得很俊。有时司棋回家去，二人眉来眼去，儿时的戏言就变成了爱情的盟约。

可是自由的恋爱非常困难。他们想要在一起，又生怕双方父母不赞成。他们就开始冒险。后面搜检大观园时，说到潘又安为了和司棋在大观园幽会，写给司棋一封信，我们在这里引用几句："若园内可以相见，你可托张妈给一信息。若得在园内一见，倒比来家得说话。""得说话"，就是方便说话。张妈是管门的婆子，被他们买通了。于是就有了鸳鸯看到的那一幕。

我们想象一下那个晚上。旧历的八月初，天气开始凉快起来，天上挂着一轮新月。湖边，大山石的后面，有一棵桂树，桂花已经盛开。这是一个很适合恋爱的夜晚，他们已经走上了冒险的路，他们已经山盟海誓过了，他们就要把生命结合在一起了。

整部《红楼梦》故事里，向往自由爱情的人并不少，但敢于冒险践行的例子，却只有司棋和她的潘郎。你不要看司棋个子高壮，在企图触犯严厉的社会规则时，她和潘又安都只是微弱的生命。这一对微弱的生命被强暴的外力所窥伺着，却不顾危险，仍然要获得哪怕只是短暂的欢爱。在这缥缈的故事中，充满了哀伤的诗意。这一场爱情的冒险被鸳鸯无意间撞碎了。

他们对鸳鸯那么害怕，双双跪着，哭着，求着。这倒不是鸳鸯作为个人有多么可怕，而是暂时被鸳鸯遮挡着的那个社会力量的影子十分恐怖。大观园不是一对奴仆可以偷情的地方。这事一旦暴露，不仅身败名裂，弄不好还会有性命之忧。

所以，尽管鸳鸯答应为他们遮掩，司棋仍然放心不下。她一夜不曾睡着，又后悔不来。什么叫"后悔不来"呢？就是已经后悔了，但也知道后悔是没有用的。

第二天见了鸳鸯，司棋脸上一阵红一阵白，十分尴尬。她很担忧，整天茶饭无心，一会儿起来，一会儿坐下，总是恍恍惚惚，像掉了魂。

作为现代人，我们恐怕很难体会司棋的那种焦虑不安。不过呢，你拿她大闹厨房的样子来对照，至少能够懂得这个身材高大的女孩是多么可怜。

就这么苦苦地挨了两三天，大观园里没有什么动静，也没发生什么事。司棋知道鸳鸯果然什么也没说，略有点放心下来。就在这时，一个新的打击横空而来。有个婆子悄悄告诉她："你兄弟竟逃走了，三四天没归家。如今打发人四处找他呢。"

那天晚上，司棋还在苦苦哀求鸳鸯的时候，她的小情郎已经穿花度柳，从角门出去了。要说三四天不归，那就意味着当天晚上，潘又安就远走高飞了。他知道有危险，他把司棋留在危险里，自己轻快地消失了。你现在明白曹雪芹为什么要用"潘又安"这个名字了吗？他是一个长得好看而轻浮无根的男人，这种男人是女孩的毒药。

司棋听了，气个倒仰，好像被打了一闷棍。她想什么呢？"纵是闹了出来，也该死在一处。"他们的爱情是一场冒险，没有多少成功的把握。但只要能够生死相依，这个冒险就是值得的。"死在一处"，是最后的保证，它保证爱情本身是真实的，但现在连这一点也破灭了。司棋心里感慨，"他自为是男人，先就走了，可见是个没情意的"。潘又安的逃跑，从根本上打碎了一切虚幻的梦想，什么青梅竹马、山盟海誓，皆如同幻影，随风飘散。这让司棋内心不快，百般支持不住，一下子生了一场大病。

《红楼梦》写了不同层面、各种类型的爱情故事。司棋的故事有它令人伤感的地方。因为她终于发现，自己为追逐一个虚假的东西而掉进了河里。

卑微的爱情

司棋的故事我们暂且说到这儿。前面我们说到,八月初三是贾老太君的八十寿辰,贾府为此举办了大规模的庆寿活动。可是,在表面的风光之下,贾府已经进入了严重的经济危机。这个我们下一讲接着说。

捉襟见肘

前一讲我们说到，老太君的八十寿庆再一次彰显了贾府高贵的社会地位。但外人看不到的是，为了操办这场寿庆，贾府在财政上已经捉襟见肘。

这一天，鸳鸯到贾琏和王熙凤这边院子里来，贾琏十分殷勤地招待她，然后说想跟她商量一个事情。发生什么事情了呢？贾琏说："这两日因老太太的千秋，所有的几千两银子都使了。"把能够动用的现金都动用了。有几处房租、地税都要到九月才能收上来，这会儿竟接不上。

可是眼前有必需的开支。要送南安王府里的礼，娘娘的重阳节礼，还有几家红白大礼，至少还需要两三千两银子。一个家族社会地位越高，这种社交性的支出就越大。有一天支撑不住，就表明你在这个圈子里已经混不下去了。

捉襟见肘

钱不够，找鸳鸯干什么呢？因为，鸳鸯是老太君的财务管理人。贾琏求她暂且把老太太查不着的金银器具偷着搬出一箱子来，暂时典当千把两银子支撑过去。等其他银子来了，再把东西赎出来放回原处。

这就是拆东墙补西墙的办法。其实不仅是贾琏在动这种脑筋，王熙凤说，老太太的生日，王夫人要送礼吧？可就是想不出办法，还是她给提醒了一句，说后楼上有四五箱子不要紧的大铜锡家伙，拿去弄了三百银子，把脸给遮过去了。由此看来，典当已经成为贾府经常性的生活内容。

典当用现代金融术语来说，就是抵押贷款。可问题是贾府这些贷款是消耗性的。支出很大，却没有新的收入来源，总有一天会坐吃山空。

当然你也不能说这堂堂国公府就穷了。老太太那里有大箱的金银家伙暂且不说，旺儿媳妇就说过一句："那一位太太奶奶的头面（就是首饰）衣服折变了不够过一辈子的。"贵族之家，哪里说穷就穷了。但真是走到那一步，拿衣服首饰换钱，就是往破落户走了。

在繁华凋零的过程里，家族的成员也各有各的小算盘。贾琏不是央求鸳鸯给他办事吗，话没说完，老太太派来的小丫头就把鸳鸯叫回去了。贾琏进到里屋，跟王熙凤说："你晚上再和他一说，就十成了。"就是让王熙凤在鸳鸯面前再说几句，加把劲。王熙凤为难他，意思是自己又没什么好处，干吗管他

捉襟见肘

的事？贾琏就答应谢她。谢什么呢？平儿在边上帮腔，说奶奶正好办一件事，银子不够，"不如借了来，奶奶拿一二百银子，岂不两全其美"。这个是对准了王熙凤的心思说的，王熙凤当然觉得好。

我们知道王熙凤不缺钱。她包揽官司、放高利贷，财路宽。但是不缺钱未必不贪钱，贪钱是她的生活乐趣。

贾琏虽说要感谢，心里想的大概是个什么礼物，听平儿说是要一二百两银子，贾琏心里未免有些不快。他说王熙凤，你又不缺钱，就是"现银子要三五千，只怕也难不倒"，只是帮忙说句话，就要这么高的利钱，"也太狠了"。

这把王熙凤惹怒了。她不喜欢人家说她贪，尽管这是事实。她本来躺着，这时翻身起来说："我有三千五万，不是赚的你的。"然后夸耀她们王家，"把我王家的地缝子扫一扫，就够你们过一辈子呢"。言外之意呢，就是她有钱是因为他们王家有钱。扫地缝什么的，当然是夸大的，但王家远比贾家富裕，却无可怀疑。这后面牵连着中国古代社会的一个通行规则：权力的大小与财富的多少，是互相联系的，权力可以变换为财富。

贾琏求鸳鸯的事办成功了。这一笔从老太太那里挪用东西抵押出来的钱，后来还生出了另一场小风波。邢夫人不知怎么知道了这件事，也跟贾琏说要挪用二百两银子，做八月十五节日间使用。贾琏说没地方去挪，邢夫人就说他搪塞自己，"前儿一千银子的当是那里的"？你本事大得很，老太太的东西都能偷偷弄出来，怎么到我这里就没有了？贾琏同王熙凤商量，两人不愿跟邢夫人生是非，只好忍着气给她办了。你看有个钱出来，谁都想分一杯羹。贾府这气象真是不好看了。

说到这里，你可能心里还会有个疑惑：怎么老太太的金银财宝，鸳鸯一个丫头想动就给动了？当然不可能是这样。平儿对贾琏解释得很清楚：鸳鸯必然要跟老太太说，得到老太太的准许才能往下做。老太太只是装作不知道，以防孙辈中动这类念头的人太多。

荣国府的财政危机，除了常规的可以预计的支出难以应付之外，还有不小的意外开支，这是由贾元春那边带来的。你是不是感到奇怪？我们继续往下讲，你就明白了。

我们还是回到贾琏和王熙凤谈论贾府财政危机的情节。王熙凤说起她昨晚做了一个梦，梦见有个人说"娘娘打发他来要一百匹锦"，但这娘娘却又不是贾元春，她就在梦里和来人争夺起来，就这么醒了。这是一个带有恐惧性的梦，它意味着皇宫带来的经济压力使王熙凤感到难以承受，当然这也是对整个荣国府的压力。

这个梦本身就是一种心理预感。所以，是巧合也不是巧合，王熙凤这话刚说完，就有仆人来回："夏太府打发了一个小内监来说话。"这里"夏太府"指的是一名宫中太监首领的府邸。大太监都是有自己的独立府邸。

捉襟见肘

贾琏听了，立刻皱起眉头，道："又是什么话，一年他们也搬够了。"这句话给出的信息，是夏太监等人敲诈贾府是常事，贾琏用的动词是"搬"，它体现着一种强迫性的力量。

王熙凤让贾琏藏起来，自己出面应付。

小太监进来，坐下，喝茶，转述了夏太监的两段话。

一是夏太监看中一所房子，短少二百两银子，问舅奶奶家暂借一下，过一两天就送过来。太监是皇家的奴仆，所以他们把贵妃的娘家称为舅舅家，这是一家人说话的腔调。

王熙凤听了，笑道："什么是送过来，有的是银子，只管先兑了去。改日等我们短了，再借去也是一样。"这个回答非常轻快。

夏太监还有一层意思是：上两回还有一千二百两银子没送来，等今年年底下，自然一齐都送过来。

王熙凤笑道："你夏爷爷好小气，这也值得提在心上。"下面巧妙地一转："不怕他多心，若都这样记清了还我们，不知还了多少了。"这话里的意思是：以前弄走的银子，有还过的吗？从来也没有"还"这样的事情。夏太监说"借"那是客气，贾琏说的"搬"才是实情。"搬"还用还吗？再说还，大家都不好意思了。

最后王熙凤还说了一个果断的结论："只怕没有，若有，只管拿去。"这话的巧妙在于：到底是有，还是没有？有就拿去，没有怎么办？

于是王熙凤派人叫旺儿媳妇来，命她"出去不管那里先支二百两来"。旺儿媳妇懂得配合，笑道：我就是来支钱的，因为别处支不动，账房没钱了，才来找奶奶支的。

王熙凤又叫平儿，"把我那两个金项圈拿出去，暂且押四百两银子"。平儿出去拿了一个锦盒子来，当着小太监的面打开，然后又拿出去，换了四百两银子来。一半给了旺儿媳妇去办事，一半给了小太监。要传达的意思很明白：你们已经搬了很多了！实在是没有了！就这二百两，也是勉强想办法才有的。那么下回可能真的没有了！

你看王熙凤是多么玲珑剔透！也正是因为如此，虽然王熙凤有时很恶毒，但完全不喜欢她的人也很少。

小太监走了，贾琏出来了。他说起另一件事："昨儿周太监来，张口一千两。我略应慢了些，他就不自在。"夏太监是实写，周太监是虚写，一虚一实，写出太监给贾府带来的巨大压力。贾琏无比感慨地说："这一起外祟何日是了！"

鬼怪害人称为"祟"。贾元春晋封贵妃时，贾府上上下下为之感到兴奋和荣耀，如今他们意识到，他们为这个荣耀付出的代价，已经超出他们的承受范围了。

你可能会问：太监怎么可以如此肆无忌惮地敲诈贵妃的娘家？这是很复杂的问题。我们从最简单的地方来说，太监作为皇宫里的奴仆兼管理者，对这些妃子与皇帝的关系有微妙的影响力。在宫中能够升到高位的太监无不是绝顶聪明的人，他们

捉襟见肘

反复到贾府来索取银两，在他们看来其实是一种报酬。这意味着什么呢？意味着贾元春在宫中对这些人有很大的依赖。

刚刚说到旺儿媳妇，她其实不是来支钱的，她是临时配合王熙凤演了一出戏。那么，她是来干什么的呢？是为了说一件跟彩霞有关的事。你还记得彩霞吗？我们下一讲接着说。

晦暗的彩霞

上一讲我们说到旺儿媳妇到王熙凤这里来,是为了说一件跟彩霞有关的事,那是怎么一回事呢?原来,他们家打算让小儿子娶彩霞为妻,但是事情不顺利,想求王熙凤做主成全这桩婚事。

彩霞是王夫人房里的大丫鬟。就在前不久,王夫人决定开恩把她放走。所谓"开恩",就是不要他们家出赎身的钱,让父母领回去,找一个人家婚配。贾府把丫鬟放出去,也是常有的事,但是彩霞的情况要复杂得多。

这个彩霞并不是一个普通的丫鬟。有一次,宝玉和探春等人谈论几个丫鬟的情况,宝玉道:"太太屋里的彩霞,是个老实人。"探春道:"可不是,外头老实,心里有数儿。"这是说,这人看起来老实,可是心里清楚得很。所以彩霞对王夫人来说很重要。探春说，太太"事情上不留心，他都知道"。王夫人各种各样的事情，彩霞都记着，随时提醒她。不仅如此，连老爷，就是贾政，"在家出外去的一应大小事，他都知道。太太忘了，他背地里告诉太太"。这样一个人物，近似老太太房里的鸳鸯那么重要，怎么就放走了呢？

王熙凤说到太太的想法，一是见彩霞大了，二则又多病多灾的，因此打发她出去了。彩霞当时的岁数，书中没有明说，但是可以推算个大概。当时旺儿的儿子十七岁，他们家执意要娶彩霞，那彩霞应该也不过十七八。至于说身体情况，如果明显很差，旺儿家也不会那么热切。所以王夫人放走彩霞，应该还有别的原因。

你还记得吗？第五十六讲的时候，我们讲到过彩霞。当时在王夫人屋里，宝玉向彩霞献殷勤，可是彩霞根本不理他，彩霞关心的人是贾环。为什么会这样呢？因为彩霞清楚，宝玉不是她够得着的人，贾环却有可能改变她的命运。如果说袭人把赌注压在宝玉身上，彩霞就是压在了贾环身上。

不仅如此，书中还说到，"赵姨娘素日深与彩霞契合，巴不得与了贾环，方有个膀臂"。赵姨娘和彩霞关系密切，她希望彩霞成为贾环的妾，并由此成为她的帮手。彩霞那么能干，又熟悉贾政和王夫人的情况，是一个用得着的人。

王夫人当然不愿意让熟悉她和贾政情况的人成为赵姨娘的臂膀，所以她就把彩霞"放走"了。

　　彩霞还在王夫人身边的时候,旺儿夫妇俩就已经看中了她,想娶她回去做儿媳妇。因为不知道王夫人的意思,就没有明白提出来。这会儿彩霞放出来了,他们就赶紧张罗这门亲事。

　　那天贾琏和王熙凤在家商量动用贾母的金银器具做抵押的事情,旺儿媳妇走进来。王熙凤就问她:"可成了没有?"问的就是他们向彩霞家求亲的事。这事跟王熙凤有什么关系呢?我们看王熙凤自己是怎么对贾琏说的,她说:"旺儿媳妇来求我。我想他两家也就算门当户对的,一说去自然成的。"因为旺儿是王熙凤的陪嫁仆人,她的亲信,她同意旺儿媳妇去求

亲,这桩婚事就间接地打了王熙凤的旗号。求亲时说一句琏二奶奶认为很妥当,这样可以提高成功率。

结果呢?旺儿媳妇说:"竟不中用。我说须得奶奶做主就成了。"这就是希望王熙凤直接出面,有她做主,仆人只能听她的。

贾琏觉得这事无所谓,"比彩霞好的多着呢",另外再找就是了。旺儿家的不肯放弃,并且把话锋转向了贾琏夫妇。她说:"好容易相看准一个媳妇,我只说求爷奶奶的恩典,替作成了。奶奶又说他必肯的,谁知白讨了没趣。"这话的意思是,二奶奶的面子没有起作用。归根结底呢,"他老子娘两个老东西太心高了些"。他们的期望值高,王熙凤的陪房的孩子,他们看不上眼。

旺儿夫妻俩跟王熙凤久了,当然知道王熙凤的脾性。你说她的面子还不够,那还得了。

这话达到目的了,戳动了王熙凤。但王熙凤并不作声,她想看贾琏怎样表示。贾琏虽然不想管,但旺儿是王熙凤的亲信,是经常出力的人,贾琏脸上过不去,就说了:"你放心且去,我明儿作媒打发两个有体面的人,一面说,一面带着定礼去,就说我的主意。他十分不依,叫他来见我。"

直接把定礼带过去说媒,那女方家里就没有同意不同意的选择了。老爷指派人说媒,那不叫说媒,那叫做主。但是后来贾琏想了一想,又让王熙凤召彩霞母亲来当面提亲,两头并下，不要显得过于霸道。

彩霞父母为什么不愿意结这门亲事呢？那是因为旺儿的儿子太不成样子。

那天贾琏和大管家林之孝商量事情，就提起想让他派个人去彩霞家里做媒，不料林之孝迟疑了半晌，竟然劝他："依我说，二爷竟别管这件事。旺儿的那小儿子虽然年轻，在外头吃酒赌钱，无所不至。"彩霞是个好女孩，两人实在是不般配，"何苦来白糟踏一个人"。

旺儿小儿子的毛病，彩霞也听说过。这人是"容颜丑陋，一技不知"。一个十七岁的男孩，长得难看，一点谋生的本领也没有，什么坏事都能干，任谁听了，都会为彩霞捏一把冷汗的。

这天晚上王熙凤命人唤了彩霞的母亲来说媒。书中说，那彩霞之母"满心纵不愿意"，却是"满口应了"。你想啊，王熙凤亲自和她说，这是何等体面啊！况且，她从来也没有学会在王熙凤面前说一个"不"字。这里两个"满"字用得实在精妙。

王熙凤又问贾琏可说了没有。贾琏听了林之孝的话，已经打算把这婚事给搁下了。他跟王熙凤说，那小子"大不成人"。刚说出来，就被王熙凤着实讥讽了一通："我们王家的人，连我还不中你们的意，何况奴才呢。"贾琏本来就是个优柔寡断之人，这事又跟他没多少关系，自然不再反对。

一桩婚事就这么说成了。王熙凤依靠旺儿在外面收高利贷的账，她需要给旺儿一家奖励，此时，彩霞成了一份合适的奖品。

你大概注意到了，在谈论关于彩霞终身大事的过程里，彩霞本人没有出现过。她的婚事是由别人决定的，跟她本人没有多大关系。

但是彩霞还是想要挣扎一下。她早听说旺儿的儿子是个什么样的人，"生恐旺儿仗凤姐之势，一时作成，终身为患，不免心中急躁"。

逃避这个火坑的希望在哪里呢？

一个贾环，一个赵姨娘。彩霞让她的妹妹小霞悄悄去找赵姨娘，希望赵姨娘能想想办法。赵姨娘呢，她没想到王夫人会放出彩霞，这打破了她原有的计划。她也想扳回这个局面。

彩霞和贾环的关系到了什么程度？

书中说她"虽是与贾环有旧，尚未作准"，这就是提示读者：彩霞和贾环已经有过亲密关系。虽然彩霞还没有得到确切的允诺，但她因此对人生前途抱有一种希望。

贾环是什么态度呢？赵姨娘屡次教唆贾环去跟贾政要彩霞，可是贾环在父亲面前说不出口。再说他内心对此"也不大甚在意"，不过是个丫头，没有彩霞，将来还会有别人。你看，在贾环这种少爷的眼中，和彩霞那就是逢场作戏的事情，没有必要惦记着谁。

而赵姨娘从自己的利益考虑，倒是舍不得彩霞。小霞来问的这天晚上，她找到机会，便先求了贾政。

贾政说道："忙什么，等他们再念一二年书再放人不迟。"这里说的"放人"，就是指把一个丫头指派给公子做妾。

赵姨娘找出一个理由。她说道："宝玉已有了二年了，老爷还不知道？"她指的是袭人。既然宝玉已经有了两年，那贾环现在也应该有了。

贾政听了忙问道："谁给的？"赵姨娘刚要说话，只听外面"啪"的一声响，不知是什么东西，大家吃了一惊。赵姨娘出去看，原来是一个支撑起来的窗槅子掉下来了。她赶紧重新上好，再进房间安排贾政安歇，话说了一半就不再说下去了。

这里有个有趣的心理现象，当赵姨娘鼓足勇气跟贾政提这个要求的时候，其实她还是很胆怯的。那个突然响起的声音，一下子就把她打蒙了。再要说话，已不知如何说起。

探春说，彩霞"心里有数儿"，彩霞是个明白人。当她托身给贾环的时候，也不曾对人生抱多么美好的梦想，她只是想稍稍改变一下自己的命运。为了这个，她迎合赵姨娘，却得罪了王夫人。她那苦心经营的小小的梦想，也是虚幻的泡影。

当聪明的彩霞走入那段不堪的婚姻时，我们应该听得见作者长长的叹息声。

晦暗的彩霞

彩霞的故事就说到这里吧。刚刚我们说到贾政这天晚上住在赵姨娘的房间里,他说明天要去查考宝玉。一个名叫小鹊的小丫头听见了,连夜去给宝玉报信,这可把宝玉吓了一大跳。那么宝玉是怎么应付的呢?我们下一讲接着说。

~贾迎春~

子系中山狼,
得志便猖狂。
金闺花柳质,
一载赴黄粱。

第124讲

懦弱的迎春

上一讲我们说到贾政说起第二天要去查考宝玉的功课,小丫头小鹊听见了,赶忙去给宝玉报信。这时,宝玉刚刚睡下,正和晴雯等人说笑呢,一听这话,就如同孙大圣听见了紧箍咒一般,顿时浑身上下都不自在起来。

宝玉只好把该读的书理一下,预备明天接受老爷盘考。但是算过来算过去,宝玉总觉得应付不过来,如此越发感到焦躁。正没有办法的时候,只听芳官从后房门跑进来,嘴里喊着:"不好了,一个人从墙上跳下来了!"众人听说,乱成了一团。

晴雯此时灵机一动,就跟宝玉说:"趁这个机会快装病,就说唬着了。"此话正中宝玉下怀,于是就派人把上夜人(夜晚值班巡逻的仆人)叫来,打着灯笼,各处搜索。晴雯、芳官出去要药，故意闹得众人皆知。

本来只是宝玉和身边几个丫鬟串通起来玩弄的小诡计，却因此揭开了荣国府内部管理的混乱，又带出了一连串的风波。

这话怎么说呢？原来，贾母听说宝玉受了惊吓，联想到贾府如今内部的管理混乱，说这种事迟早要发生，"如今各处上夜都不小心，还是小事，只怕他们就是贼也未可知"。

当时在座的有好些人，关系最直接的，应该就是王熙凤。她好权势又能干，照理是容不得这种混乱的。但近来她不仅生了病，而且由于府里的矛盾，特别是邢夫人的敌意，弄得她心灰意懒，听了贾母的话，她也默不作声。

这时探春说话了。她当然先要给王熙凤遮掩一下，说是因为王熙凤身子不好，顾不上，有些仆人趁机放肆了许多。眼前的情况其实很严重，有人开始设赌局，输赢数额也不小。

贾母听了大吃一惊。贾母深知聚众赌博会引发各种弊害，立刻下令彻查。对查出的大小头家（组织赌局的人）和参与聚赌者，通共二十多人，一律给予严厉的惩处。对为首的人，每人四十大板，撵出贾府，不许再进入。这是贾母在《红楼梦》故事里第一次出头管事。她动用自己的权威，明显有借题发挥的意思，希望借此整顿一下贾府的管理秩序。

三个被处分的大头家，其中一个是二小姐迎春的奶妈。迎春回到自己屋里，觉得无趣，心中很不自在。正在这时，邢夫人进来了。

懦弱的迎春

我们说一下迎春，她也是"金陵十二钗"之一。迎春最初出场是在小说第三回，黛玉初进贾府的时候。小说描写她是中等身材，略显丰满，肌肤细嫩，性格温柔沉默。故事发展到现在，是第七十三回，她也参与过许多活动，但读者对她仍然没有什么印象。为什么呢？因为作者为她设计的，是一种偏于平庸的类型，既不是很美丽，也没有多少才华，性格又懦弱，对周围的事物很少有强烈的反应。贾琏的小厮兴儿向尤二姐介绍贾府的人，说仆人私下叫迎春二小姐是"二木头"，戳她一针也不知"哎哟"一声的。这种人物性格色彩灰暗，很不容易写好。但在《红楼梦》丰富多彩的人物世界里，她也是不可缺少的。

迎春怎么会长成这样的呢？这首先跟她的小家庭有关。她是贾赦的一个妾所生，生母很早就去世了。父亲贾赦和她所谓的"嫡母"邢夫人，一个蛮横，一个偏执，共同的特点是对他人冷漠。迎春完全是在缺乏爱的氛围里长大的，这也养成了她对周围冷漠的态度。

你可能想起一件事：贾府的三位小姐，不是经常由老太君带在身边吗？这里有一个微妙之处你要注意：老太君喜欢王熙凤、探春那种聪明伶俐、争强好胜的女子，对迎春这种木讷迟钝的女孩，虽然也有照顾，但是对她的关注肯定要少。

再说邢夫人进来了，她要说什么呢？首先当然是就刚刚发生的事，指责迎春："你那奶妈子行此事（做这样的事情），你也不说说他。"对此迎春如何反应呢？她说："我说他两次，他不听也无法。况且他是妈妈，只有他说我的，没有我说他的。"小姐和奶妈，是双重关系：既是主仆，又是长幼。但你要迎春摆出主人的架子来教训奶妈，她是做不到的。她是一个懦弱的人。

其实上面的话题不过是个引子。邢夫人真正关心的又是什么呢？她说：那奶妈敢做头家，难免从你这里借些首饰抵押了做本钱。马上是中秋节，最好的首饰都要用上。你如果被她骗去了，别找我的麻烦，"我是一个钱没有的"。别想动我的钱，这个很重要。

在整个事件中，邢夫人感到最不愉快的，是迎春的奶妈聚众赌博，让长房丢了脸。她先是说，"如今别人都好好的，偏咱们的人做出这事来，什么意思"。这里"什么意思"等于我们现在常说的"好没意思"。然后又说："如今直等外人共知（弄得外人都知道），是什么意思。"她很明显地把自己的小家庭和荣国府的其他人，放在对立的位置上，她眼中的其他人也包含老太君。她把这种关系，描述成"咱们"和"外人"的关系。这个态度和后面故事发展的关系很大，我们下次再说。

邢夫人说了一阵就走了。迎春的丫鬟绣桔顺着刚才的话题，说起一件事来：有一个攒珠累丝金凤，就是用金丝串起珍珠做成凤凰形状的首饰，不知哪里去了。她说，"我说必是老

懦弱的迎春

奶奶拿去典了银子放头儿的","姑娘就该问老奶奶一声"。这里"老奶奶",说的就是迎春的奶妈。

迎春心里知道是怎么回事,说,原以为她悄悄拿去,过几天还会悄悄地放回去,谁知她就忘了。"今日偏又闹出来,问他想也无益。"即问她也没啥用。

绣桔又说:"何曾是忘记!他是试准了姑娘的性格,所以才这样。"然后绣桔就要去告诉王熙凤,想把东西要回来。

非常奇妙的是,迎春不主张绣桔去找王熙凤,"宁可没有了,又何必生事",可是绣桔坚持要去,她就懒得说话了,她也不坚持什么。

这时迎春奶妈的儿媳,王住儿媳妇,正在门口,她想让迎春去老太太那儿讨个情,放过她婆婆。这会儿看见绣桔执意去找王熙凤,赶紧赔笑脸把她拦住了。

关于向贾母求情的事情,迎春怎么回应呢?她说:"好嫂子,你趁早儿打了这妄想,要等我去说情儿,等到明年也不中用的。"迎春是不可能采取任何积极行动的。

绣桔还是要追查那个不见了的贵重首饰。她负责照顾迎春的生活,这么一个贵重的东西弄丢了,她也是要担责任的。那王住儿媳妇就在一旁耍嘴皮子,说东西进了当铺,"终久是要赎的"。可是这种搪塞的话对绣桔不管用,绣桔要她"取了金凤来再说"。

没想到这王住儿媳妇更厉害。她说自从邢姑娘邢岫烟在这里住，太太就吩咐她从月例里省出一两银子，这样一来，迎春这里日常的费用就不够了。不够了怎么办？都是奶妈给填的，"算到今日，少说些也有三十两了"。言外之意，金凤折算下来也差不多，用不着说还不还的死话。这话说得荒诞而无耻，绣桔必然要跟她争起来。

两个仆人为了二小姐的首饰争个不休，二小姐在干吗呢？她自顾拿了一本《太上感应篇》（道教里面讲修身养性的书）在看。她反而像是一个局外人。

这事最后是探春来了，看不下去，让人把平儿叫来，才把王住儿媳妇压下去。平儿问迎春这个王住儿媳妇该怎么处理？二小姐发了一通高论："问我，我也没什么法子。他们的不是，自作自受，我也不能讨情，我也不去苛责就是了。至于私自拿去的东西，送来我收下，不送来我也不要了。太太们要问，我可以隐瞒遮饰过去，是他的造化，若瞒不住，我也没法，没有个为他们反欺枉太太们的理，少不得直说。你们若说我好性儿，没个决断，竟有好主意可以八面周全，不使太太们生气，任凭你们处治，我总不知道。"把众人说得全都笑起来。

把迎春说的话归纳起来，她的人生态度就是三个要点：一是冷漠，任何人根本上都与她无关；二是懦弱，对任何事情都不采取积极的态度；三是逆来顺受，不管满意不满意，都接受现状，顺着现状走。她这种态度，在环境还算平静，周边敌意很少的情况下，也可以图个安稳。可是环境一旦恶化，她就会落得很悲惨的下场。

我们回头再说邢夫人。她刚刚到迎春房里来时，身上揣着一件小玩意儿。这件小玩意儿，最后却成了大观园的风暴源头。到底是怎么一回事呢？我们下一讲接着说。

~抄检大观园~

惑奸谗抄检大观园
矢孤介杜绝宁国府

第125讲

抄检大观园

上一讲我们说到，邢夫人在教训迎春的时候，袖子里还揣着一个小玩意儿。这是一个什么东西呢？我们再讲一讲前面的情节。

当天贾母为大观园的婆子们聚赌而生气，邢夫人也在场。将近中午时，她从贾母住的地方出来，走到大观园散散心。刚到园门前，只见一个小丫鬟笑嘻嘻地走来，手里拿着一个花红柳绿的东西，小丫鬟低着头一边瞧着，一边只管走。这是贾母院子里专门做粗活的一个丫鬟，十四五岁的样子，生得体肥面阔，人有点傻，干活却麻利，人称"呆大姐"。她刚刚在山石背后捡到一只五彩绣香囊，上面绣的是两个没穿衣服的人抱在一起。呆大姐不认得这是什么意思，心里猜："敢是两个妖精打架？"正要拿去给贾母看。

呆大姐和邢夫人差点迎头撞上。邢夫人叫住她，问道：得了个什么好东西，这么欢喜？邢夫人一面说一面接过来一看，她被吓了一跳，连忙死死地紧紧地攥住，问呆大姐："你是那里得的？"这种东西在富贵人家不是没有，但都是私密的收藏，被人发现，就是触犯礼教而丢脸的事情。

呆大姐说了是从哪里捡的。邢夫人吓唬她，让她千万不要再说起，给别人知道了，弄不好她的小命都危险，这话把呆大姐吓得脸都白了。然后邢夫人将香囊塞在袖子内，不动声色，先来到迎春的房中。

邢夫人在迎春房里还说了一通听起来有点奇怪的话，为了把话题分开来说清楚，在上一讲我们并没有提到。迎春的奶妈因为聚众赌博，受到了贾母的处罚，这事跟贾琏、王熙凤毫无关系，邢夫人却把一腔怒火发在了他们身上。她冷笑道："总是你那好哥哥好嫂子，一对儿赫赫扬扬，琏二爷凤奶奶，两口子遮天盖日，百事周到，竟通共这一个妹子，全不在意。"这里表面上说的是他们俩不关心妹妹，实质性的愤怒却在于：他们本来是长房的人，却和"外人"站在一起。长房对荣国府失去控制权，他们俩是罪人！

我们需要注意到一点：邢夫人原本是个没主见的人，只知道顺从贾赦以自保。但现在，她变得主动而富于进攻性，这背后其实有贾赦的影子。你还记得我们在前面说过的话吗？按照常规，荣国府真正的主人应该是长子和爵位继承人贾赦。贾赦是世袭的官职，一等神威将军，虽然只是虚衔，但套用清代的情况来算，官阶是一品，那是很高的位置。他如果对这个现状不满，足以挑起冲突、引发混乱。只有从这个意义上分析，我们才能理解荣国府内部深刻的裂痕。

当邢夫人痛斥贾琏夫妇时，她是想到了袖子里那个玩意儿的。荣国府的内务是由王夫人、王熙凤管着，大观园里出现这样淫邪的东西，是她们的失职，是她们的耻辱。同时，在邢夫人用讽刺的语调说王熙凤夫妇"赫赫扬扬""遮天盖日"时，她就有了要打击王夫人和王熙凤的念头。

邢夫人把香囊封了一个袋子，叫来她的陪房王善保家的，让她转交给王夫人。

这件事情让王夫人非常紧张。

王夫人是一个严肃而死板的人，本来就见不得这种年轻人隐秘的玩意儿。这个香囊在大观园里公然出现，就意味着那些不守规矩的人冒犯了她所代表的权力秩序。

更重要的是，这个东西又是邢夫人发现后转交给她的。这是对她的指责，也是对她的挑衅。尽管邢夫人在贾府不受人敬重，但她是长房太太，身份在那里摆着。

还有，贾母刚刚为了大观园聚赌的事情发火，一反常规地用权管事，一口气处罚了二十多人。要是这个东西让她看见了，老太太会做什么反应呢？至少王夫人是一点把握也没有。

所以，王夫人就在袖子里藏了这个东西，连忙去找王熙凤。

王熙凤正在房里同平儿说话,忽然有人报:"太太来了。"只见王夫人气色异常,一语不发,走到里屋坐下,喝命:"平儿出去!"平儿慌了,忙应了一声,带着众丫鬟一齐出去。王熙凤也着了慌,不知有何等事。只见王夫人含着泪,从袖内掷出一个香袋子来,说:"你瞧!"

王夫人的意思,这东西肯定是"那琏儿不长进下流种子那里弄来",然后夫妻俩拿着好玩,不小心弄丢了。她泪如雨下,声音发颤,责问王熙凤:"这样的东西,大天白日明摆在园里山石上,被老太太的丫头拾着,不亏你婆婆遇见,早已送到老太太跟前去了。我且问你,这个东西如何遗在那里来?"

王夫人的责问很奇怪。要知道王熙凤并不住在大观园,她怎么可能揣着这么个犯忌的东西到大观园去,又遗落在山石上?

那么,是王夫人气昏了,智力有问题了吗?不是的。

前面说到邢夫人在迎春房里痛骂贾琏和王熙凤,《红楼梦》在这里又是一处留白。这背后省略的内容是,邢夫人在命王善保家的转交香囊时,还让她带过来一两句此事跟贾琏夫妇有关的暗示性的话。至于这话是怎么说的,只能靠你去想象了。

王熙凤这个时候一点也不糊涂,她一五一十,头头是道,为自己做了充分的辩护。

王夫人也未必真的相信这东西是王熙凤的,她只是急于证实一下。听了王熙凤辩护的一席话,她也就放心了。

接下来她要跟王熙凤商量:"但如今却怎么处?你婆婆才打发人封了这个给我瞧,说是前日从呆大姐手里得的,把我气了个死。"这个"气了个死",是多个指向的。邢夫人的做法本身就非常具有挑衅意味。

王熙凤提出的办法,是"平心静气暗暗访察"。具体说来,就是趁着因为赌钱的事开革了许多人,把周瑞家的等四五个可靠的人安插在大观园里,以查赌为由,仔细查访。这样做还可以一举两得:荣国府不是正面临财政危机吗?大观园各房的丫鬟本应适当减少,以此降低支出,不妨趁此机会,"以后凡年纪大些的,或有些咬牙难缠的(口齿尖利、不听使唤的),拿个错儿撵出去配了人"。

王夫人的意思,裁减人员慢慢再说,暗地访拿这事要紧。一会儿,她就把周瑞家的等总共五家陪房召进来,准备交代事情。这些都是王夫人从娘家带来的仆人,信得过。

就在这个时候,忽见邢夫人的陪房王善保家的走来了。她来干什么呢?打听邢夫人交代王夫人查办的事情,现在办得怎么样了。

这就是邢夫人找到个由头,打算插手贾府的内部管理。第一步,自己未必出面,派个亲信做代表。

王夫人当然明白这是怎么回事。王夫人可以不理她吗?似乎也可以,但是把柄在别人手里,对自己未必有利。于是王

抄检大观园

夫人就对王善保家的说:"你去回了太太,也进园内照管照管,不比别人又强些。"这就是说邀请邢夫人的代表参与和监督香囊事件的处理。

王善保家的有时进大观园去,那些丫鬟都不太把她当回事,所以她心里老大不自在,要寻丫鬟们的差错又没个机会。如今生出这事来,王善保家的自觉得有了把柄,可以耍一下威风了。王夫人的邀请,正撞在她心坎上,她便一口应承下来。这还不算,她还想教导一下王夫人:"不是奴才多话,论理这事该早严紧的。太太也不大往园里去,这些女孩子们一个个倒像受了封诰似的。他们就成了千金小姐了。闹下天来,谁敢哼一声儿。"这口气里透着狭隘、浅薄与狂妄。这三种味道混合起来,特别令人不适。

到这个时候,王夫人和王熙凤的计划,还只是安排人暗下查访,没有想到要直接搜查。但王善保家的在发泄对丫鬟的怨恨时,特别提到了晴雯,这又恰好触动了王夫人的心思。她专门把晴雯召来,见了以后非常不满,说日后要查查还有没有这样的妖精。这时王善保家的趁机提出了新的计划。

她说:"如今要查这个主儿也极容易,等到晚上园门关了的时节,内外不通风,我们竟给他们个猛不防,带着人到各处丫头们房里搜寻。想来谁有这个,断不单只有这个,自然还有别的东西。那时翻出别的来,自然这个也是他的。"

这样一个荒诞的念头,王夫人却表示认同,"这话倒是。

若不如此，断不能清的清白的白"。邢夫人抓住了把柄，正儿八经地向她提出质疑，她需要认真地回应一下。再说她也有自己担心的事，所以她就同意了王善保家的提出的建议。

王夫人再问王熙凤觉得如何。王熙凤因为那王善保家的是邢夫人的亲信，她不愿和邢夫人发生纠葛，只得答应说："太太说的是，就行罢了。"于是大家就商议定了。

抄检大观园是八十回本《红楼梦》的最后一个高潮。它的起因是一个绣着"妖精打架"的香囊，而更直接的诱因却是因为晴雯。晴雯为什么让王夫人如此愤恨？我们下一讲再说。

晴雯受责

上一讲我们说到，香囊事件发生以后，王夫人和王熙凤原来的计划，是安插亲信到大观园里暗中查访。这时候王善保家的加入进来了，她趁机发泄了对大观园中丫鬟们的不满。

到这个时候，王夫人的情绪还算平静。她说："这也有的常情，跟姑娘的丫头原比别的娇贵些。"这就等于是给丫鬟做了一点辩护。

王善保家的话头一转，就把矛头指向了晴雯一个人。她说："别的都还罢了。太太不知道，一个宝玉屋里的晴雯，那丫头仗着他生的模样儿比别人标致些，又生了一张巧嘴，天天打扮的像个西施的样子，在人跟前能说惯道，掐尖要强。一句话不投机，他就立起两个骚眼睛来骂人，妖妖趫趫，大不成个体统。"

晴雯受责

这是《红楼梦》里描写晴雯的一段很精彩的文字。**《红楼梦》描写人物的时候，常常借用另一个相关人物的眼光来写。就像晴雯，不同的人看到的晴雯是不一样的。这样写出来的人物，精神面貌就会丰富多变**。上面这段话，王善保家的是站在一个充满敌意和贬损的立场上说的。但其中的信息是真实的，语气也非常生动。你如果是一个喜欢晴雯的人，就会把这些话中的敌意过滤掉，这时候看到晴雯的样子，是美丽、灵巧、骄傲、好强。这种脾性在丫鬟中实在是个异类，很容易得罪人。

同时，你如果仔细读这段话，还可以推想出王善保家的是一个什么样的人。她的人生苦涩而阴暗，女孩美丽飞扬的生命姿态对她形成了刺激。她在常年的奴仆生涯中，把对上的谄媚、对下的横暴看成了理所当然的生活态度，而年轻女孩来自天然的骄傲令她感到不安甚至愤怒。毁灭这样的女孩，成了她的使命。

王夫人跟王善保家的并没有多少一致之处。但说到晴雯，王夫人猛然被触动了。她们两人对晴雯都有敌意，只是敌意的来由各不相同。

王夫人就问王熙凤，上次她在园子里看到"有一个水蛇腰、削肩膀、眉眼又有些像你林妹妹的"，想必就是晴雯了？这也是从敌视的立场对晴雯进行描写。

王夫人说晴雯和黛玉有几分相像，不是一个纯客观的叙述，而是在无意之中暴露了她内心的念头。这时候她非常痛恨晴雯，她恐怕晴雯会勾引和带坏宝玉。而在说晴雯和林妹妹长得像的时候，至少在潜意识中，她对黛玉也是怀有敌意的。你还记得吗？宝玉挨打之后，袭人曾经用明白的暗示告诉她，宝玉和黛玉之间，有一种危险的关系。这使得王夫人越发不喜欢黛玉了。

王熙凤的回应就很微妙。她先是说："若论这些丫头们，共总比起来，都没晴雯生得好。"这个表述对晴雯是有好感的。王熙凤有时很恶毒，但王熙凤仍然是一个有趣味、有感受力的人。她喜欢钱，也喜欢美的人和美的事物。但是她不能在这个时候当着王夫人一味地赞美晴雯，所以她接着又说："论举止言语，他原有些轻薄。方才太太说的倒很像他。"

王善保家的是个好事之徒。她说不用猜啊，把晴雯叫过来看看不就行了吗？

这几天晴雯生着病，睡午觉才起来。听说王夫人召见，一方面是匆忙，一方面也知道王夫人不喜欢女孩过于修饰，她没有好好梳妆打扮就去了。

到了王熙凤房中，王夫人一见她鬓发蓬松着，衣衫也没仔细收拾，样子很像个病西施，王夫人心中的怒火又冲起来了。

王夫人发什么火呢？生病又不是罪，长得美又不是罪。

但主子看你不顺眼的时候，你怎么都是罪。特别是，如果

主人担心你勾引带坏她的儿子,你那种病西施一般让人心动的样子,简直就更是罪过了。

《红楼梦》有时会用特殊的词语来描写一个人,比如前面我们读到王熙凤说鸳鸯"可恶"。这些地方,你在阅读时需要特别注意。这时书中说王夫人"原是天真烂漫之人",就颇有点奇特。一个贵夫人,怎么用"天真烂漫"来形容她呢?表面的意思,是说王夫人没有城府,心里的喜和怒,全放在脸上,不做任何修饰,但这个"天真烂漫"也可以解释得更简明一点,就是她很蛮横,完全不讲道理。

你看她冷笑着冲口就是一句:"好个美人!真像个病西施了。你天天作这轻狂样儿给谁看?"什么也不问,张口就说女孩轻狂,哪里有这种道理?

再说,这几句话是有毛病的。别人可以责问:什么叫"天天"作轻狂样儿,你怎么知道的?

王夫人接着回答了这个潜在的问题:"你干的事,打量我不知道呢!我且放着你,自然明儿揭你的皮!"晴雯在怡红院做的事情,王夫人全都知道。为什么呢?有谍报人员呀。谁向王夫人报告的呢?我们等一会儿再说。

到最后王夫人才问了一个具体的问题:"宝玉今日可好些?"这是因为把人叫来了,总得有个由头,所以要提一个问题。

晴雯是个聪敏过顶的人,一听王夫人那么说,便知有人暗算了她。听见王夫人问宝玉可好些,她怎么肯实话实说?只说:"我不大到宝玉房里去,又不常和宝玉在一处,好歹我不能知道,要问袭人、麝月两个。"那么晴雯是干什么活呢?就是晚上值个夜,白天看看房子。总之,她跟宝玉并不亲近。

在回答问题的时候,晴雯还有意识地说明:她原是老太太屋里的,是老太太把她派到宝玉那边的。她这么说是希望老太太的威望能够给自己一点庇护。

但是所有这些,丝毫不能减少王夫人的火气和敌意。她明白说,等告诉了老太太,就要把晴雯撵出去。最后喝了一声:"去!站在这里,我看不上这浪样儿!谁许你这样花红柳绿的妆扮!"在肆意羞辱一个丫鬟时,她毫无拘束,毫不克制,这就是所谓的"天真烂漫"。

到了晚上,等贾母安寝了,宝钗等人从外面回到了大观园,王善保家的便请了王熙凤等一齐入园,喝命将角门都上了锁,就从上夜的婆子的住处开始抄检,搜出一些多余攒下的蜡烛、灯油等这些东西。初战告捷,王善保家的非常满意。

然后就先到怡红院中,喝命关门。

你看王善保家的这时特别牛气,俨然成了抄检大观园的主要负责人。

那么,王熙凤呢?堂堂琏二奶奶呢,这时候好像在给一个老婆子当下手。王熙凤当然有自己的念头。抄检大观园本身是

晴雯受责

件荒唐的事情，必然会得罪人，但是这件事又不能不做。这时有人愿意充大头，王熙凤当然求之不得。

再说晴雯当天被王夫人叫去，是一路哭着回来的，宝玉正因此感到不自在，忽见这一干人来，直接扑向丫头们的房门，宝玉不知何故，忙问王熙凤是怎么回事，她说是丢了一件要紧的东西，恐怕有丫头们偷了，所以大家都查一查。王熙凤一面说，一面坐下吃茶。

王熙凤带着休闲的姿态，王善保家的却无比兴奋。她让丫鬟们各人打开自己的箱子供她检查。

这里说到袭人，有一句怪怪的话："袭人因见晴雯这样，知道必有异事。"她怎么就会知道呢？我们注意一下《红楼梦》暗写故事时，会有轻淡的痕迹。

袭人就带头打开了箱子和匣子，任来人搜检一番，随后挨次都一一搜过。到了晴雯的箱子，有人问："是谁的，怎不开了让搜？"

我们看一下小说原文是怎么写的："只见晴雯挽着头发闯进来，豁啷一声将箱子掀开，两手捉着底子朝天，往地下尽情一倒，将所有之物尽都倒出。"

这是《红楼梦》中的精彩画面之一。晴雯无端地受到王夫人的侮辱，而且更大的危险就在前面等着她。她没有想到屈服，没有想到去哀求什么人，她只是选择自己能够选择的方式去维护自己的尊严。

骆玉明给孩子讲 红楼梦

晴雯受责

　　当她高高举起箱子底往下倾倒时,她发泄了自己满心的委屈、愤怒和蔑视。这倾倒的声音,是不自由的人为自由而歌。

　　不自由的人为自由而歌。一次又一次,我们被《红楼梦》这样的描写所感动。

　　怡红院搜检完了,下一处会是哪里呢?我们下一讲接着说。

维护大家风范

上一讲我们说到王善保家的和王熙凤带着人搜查了怡红院。出来以后，走在路上，王熙凤对王善保家的说道："我有一句话，不知是不是。"这个语气不像是对仆人说话，倒像是对王夫人、邢夫人这样的尊长做请示。王熙凤这种腔调，不仅是有意往后退，还带着一点挖苦的意味。

她说的事情，倒是一句要紧的提醒："要抄检只抄检咱们家的人，薛大姑娘屋里，断乎检抄不得的。"荒唐也不能太过分。

王善保家的笑道："这个自然。岂有抄起亲戚家来。"她的腔调，也不像仆人对主子说话，倒像是赞同下属的建议。我们不是说，王熙凤的话里带有讽刺的味道吗？可是王善保家的本来智力有限，又加上小人物得志，得意忘形，所以她是听不出什么话外之音的。

这样就到了潇湘馆内。王熙凤哄着黛玉说了些闲话,那边王善保家的带了众人到丫鬟房中,一一开箱倒笼抄检了一番,没有什么名堂。然后一群人去了秋爽斋,探春的院子。

探春这边已经有人报讯了。书中说:"探春也就猜着必有原故,所以引出这等丑态来。"她虽然不知道到底要搜什么,但荣国府的事情是王夫人管着,带头抄检的却是王善保家的,聪明的探春当然能够猜出背后的冲突。可是家族内部的矛盾,居然闹到自己抄检自己的家,这让探春深感悲愤。

前来抄检的众人来到秋爽斋,只见大门敞开着,众丫鬟一个个手拿着烛台,站立在两旁,等着她们进来。秋爽斋的格局我们知道的,是三开间打通形成一个大厅堂。这样的场面,就像迎战外来的敌人,摆出了一种气派。

然后探春走出来迎着众人,问有什么事。王熙凤仍然说是丢了一件东西,有人怀疑被哪个丫鬟偷了,所以要搜一搜。还说这也是还人清白的好方法。

可是探春的回答出乎众人的意料。只见她冷笑一声说道:"我们的丫头自然都是些贼,我就是头一个窝主。既如此,先来搜我的箱柜,他们所有偷了来的都交给我藏着呢。"说着便命丫头们把箱柜一一打开。这还不够,又把放镜子的盒子、放化妆品的盒子,以及放被子放衣服的包袱,凡是能收藏东西的物件,大大小小,全都打开。三小姐的各种用品不会少,全部铺开来,那就遍地都是了。这种抗议方式跟晴雯好像有点相似,但出发点是完全不一样的。晴雯是一个被欺辱的丫鬟,她以此来维护自己的尊严。探春是一位关心家族命运的小姐,她要维护的是世家大族的体面。

王熙凤就不得不赔笑道:"我不过是奉太太的命来,妹妹别错怪我。何必生气。"她演着尴尬的角色,费力而不讨好,却还得演。

你可能要问,在前面两处,怡红院、潇湘馆,王熙凤都是退在后面,让王善保家的去折腾,她只是陪着宝玉和黛玉说说闲话,现在她为什么不可以故技重施,还是用老办法呢?问题是宝玉和黛玉一向和王熙凤亲近,他们对贾府的大事也不那么关心,所以容易糊弄。而探春就不一样了,探春精明强干,又深深地知道自己的命运和家族的命运紧密相关,就不好糊弄了。你王熙凤跟她说,这事归王善保家的管,自己不管,这说出来像话吗?

这边王熙凤命丫鬟们快快把东西收起来,她带来的平儿、丰儿也加进去帮忙。这时探春又给她们出难题了,探春说:"我的东西倒许你们搜阅,要想搜我的丫头，这却不能。"什么理由呢？丫头所有的东西她都知道，都在她这里间收着，所以只管来搜她。一大堆的话，说到底就是一句：不许搜！三小姐的房间，想搜就能搜吗？搜了，还配叫小姐吗？

可是，王熙凤说了，这是太太的指命啊！探春说那也不行。"你们不依，只管去回太太，只说我违背了太太，该怎么处治，我去自领。"探春是站在贾府整体利益的立场上，来抵制抄检大观园这一荒唐行径的，她相信自己的道理能够说得通。假如说不通呢？那就表明贾府真的要完了，那也不必多想什么了！

三小姐真正的悲伤，还不是自己的尊贵身份受到了损害，更重要的，是她从这种混乱中看到了贾府的败落。她对王熙凤这一群人说："你们别忙，自然连你们抄的日子有呢！"抄家的日子会有的！她悲哀地说道："这样大族人家，若从外头杀来，一时是杀不死的，必须先从家里自杀自灭起来，才能一败涂地！"说着，探春不觉流下泪来。

贾府的衰败，是在《红楼梦》故事开始的时候，就已经出现了的。秦可卿临死前托梦给王熙凤，提醒她要早做预备，以度过危机。王熙凤呢，她对贾府的危机内心当然是清楚的。但是贾府归根结底是男人的世界，她知道自己的力量有限，而她真正关心的，又只是如何增加属于个人的财富。就像一座大宅院起火了，救火是顾不上的，重要的是能够搬出多少自己的东西。

而从探春的角度来说，她和王熙凤不一样，她不甘心这个给自己带来荣耀的显赫家族就这样走向败亡。在短暂代理荣国府内务的日子里，她也曾经费尽心思，做了一番改革试验，还在大观园搞了一次承包责任制。但这些对缓解贾府的危机来说，可以说是杯水车薪。按照贾琏的说法，"这会子再发个三二百万的财就好了"。可是这笔财在哪里呢？

抄检大观园这种荒唐的事件之所以会发生，那只香囊根本就不重要，它仅仅是一个由头。重要的是什么呢？是随着贾府的财政危机越来越严重，家族内部的权力冲突也越来越激烈。这就是探春所说的，"先从家里自杀自灭"，而现在已经开始了！

看到探春伤悲，王熙凤也不说话了，只看着众媳妇们。她等别人先说。周瑞家的明白王熙凤的意思，就说，既然丫鬟的东西全在这里，那就到别处去吧。这是说三小姐这里的抄检工作已经完成。王熙凤便起身告辞。

探春却仍然不依不饶，要她们明确承认，是不是仔细搜查明白了，事后不要又说自己庇护丫鬟们。王熙凤知道探春的脾气，赔笑道："我已经连你的东西都搜查明白了。"周瑞家的等也都赔笑说："都翻明白了。"

那王善保家的在这次抄检行动中，很是神气了一阵。可是到了秋爽斋，她的重要性没有体现出来，心里不满足。王熙凤

维护大家风范

在探春面前一味退让，那是因为王熙凤在内心认同探春，可是这个王善保家的哪里想得明白其中的道理？她只是感觉自己出风头的机会到了。

探春厉害，这个名声她是早有所闻的。可是在她看来，一个姑娘家，又是小老婆生的，还能怎么样呢？不过是众人没眼力没胆量罢了。尤其是，她觉得自己是邢夫人的陪房，连王夫人都另眼相看，探春难道还敢对自己怎么样吗？书中说"他便要趁势作脸献好"。作脸，是显示自己面子大，有资格；"献好"呢，就是做出跟对方很亲近的样子。"作脸"和"献好"放在一起，说得多么准，《红楼梦》语言之漂亮，你不为之惊叹吗？

怎么个"作脸献好"呢？只见她从人群里走出来，向前拉起探春的衣襟，掀了一掀，笑道："连姑娘身上我都翻了，果然没有什么。"她一个不明事理又不解人心的人，一旦自作聪明起来，那就蠢得没有底了。

王熙凤见她这样，知道要惹祸，急忙劝阻，一句话还没说完，只听"啪"的一声，探春一巴掌已经打在王善保家的脸上。探春大怒，指着王善保家的问道："你是什么东西，敢来拉扯我的衣裳！"还骂她"狗仗人势，天天作耗，专管生事。如今越性了不得了"！这一巴掌，在探春看来，是严肃地重新界定了主奴关系。

王熙凤劝探春不要生气。探春回答了一句非常强悍的话：

"明儿一早,我先回过老太太、太太,然后过去给大娘陪礼,该怎么,我就领。"

那王善保家的后面是邢夫人。探春的意思是说,倘若邢夫人有什么不满,该怎么就怎么,她也不在乎。对于抄检大观园这件事,探春看得最明白,她的态度也最明朗。但是,如果王熙凤也只是随风摇摆,探春又能做什么呢?

秋爽斋的抄检,也只能这么不了了之。王熙凤一直等到丫鬟服侍探春睡下,这才带着众人离去。王熙凤为什么对探春那么温柔呢?因为她懂得探春,知道探春心里的苦。那么,下一步的抄检会有什么结果吗?我们下一讲接着说。

第128讲

无望则刚

上一讲我们说到王熙凤和王善保家的等人离开了秋爽斋，她们先去了李纨那里，又去了四小姐惜春的住处，最后来到二小姐迎春的房内。

她们已经查抄了好几处地方，这时候已经很晚了，迎春已经睡着了。王熙凤吩咐不要惊动小姐，直接去了丫鬟们的房里。

迎春房里的大丫鬟司棋，是王善保家的外孙女，王熙凤倒是要看看王家的会不会徇私舞弊，便留神看她搜查。这次抄检大观园，对王熙凤来说本来是无可奈何，到这会儿她终于有了精神头了。

她们先从别人的箱子搜起，没发现异常。王善保家的又把司棋的箱子搜了一下，说："也没有什么东西。"周瑞家的在一

骆玉明给孩子讲 红楼梦

无望则刚

旁紧盯着,她看见王善保家的就要盖上箱盖,忙说道:"且住,这是什么?"说着,便伸手抽出一双男子的锦带袜和一双缎鞋来。什么叫锦带袜呢?就是扎袜子的带子是用彩色丝线编成的,这和缎鞋都算是比较讲究的东西。

箱子里还有一个小包袱,打开来一看,只见里面有一个同心如意。如意是一种工艺品,同心如意的图案是两颗心重叠在一起的,很适合做情人之间的礼物。另外还有一封信。周瑞家的就把这些东西一起递给了王熙凤。

说到这里,你应该明白了,这一群人表面上是在一起做同一件事情,实际上却是心怀敌意。她们一直互相盯着呢。

书中在这里补充交代了关于王熙凤的一些情况。她没有上过学,原来不识字。以清代的社会情况进行比照,凭借军功而富贵的家庭,确实会有这种忽视女子教育的现象。后来王熙凤因为要当家理事,经常看账本一类的文书,就也认得几个字了。

那封信写得很浅白,对王熙凤来说也不难。信是写在一张大红色有双喜图案的信笺上,喜气洋洋,又土里土气。内容是什么呢?是司棋的表弟潘又安写给司棋,跟她相约在大观园幽会。我们看一下信的内容,感受一下这位临难逃跑的小情人的气息。

信中前面一段说的是:"上月你来家后,父母已觉察你我之意。但姑娘未出阁,尚不能完你我之心愿。"这段话的意思,是说咱俩的事，我父母已经察觉了，他们也并不反对。只是"姑娘"（就是姑妈，他爸有个年轻的妹妹）还没成婚，所以咱俩的事还得搁一下。我们没法判断这个潘又安说的是真话还是假话，但总之他在进行冒险之前给了司棋一颗定心丸：咱俩是要成婚的，所以现在在一起也不算太大的过错。

这封信的后半部分提出了幽会的建议："若园内可以相见，你可托张妈给一信息。若得在园内一见，倒比来家得说话。千万，千万。再所赐香袋二个，今已查收外，特寄香珠一串，略表我心。千万收好。表弟潘又安拜具。"

潘又安把司棋带到一个危险的境地，来追求他的快乐。然而，当危险真正来临的时候，他却飞快地逃走了，把司棋留在黑色的风雨中。潘又安其实挺坏的。

这样，我们也就知道了，搜出来的另外两件东西，一双袜子一双鞋，是司棋打算送给潘又安的礼物，而同心如意则可能是潘又安送给司棋的定情礼物。还有一件东西，就是引起这场抄检大观园事件的香囊，会不会也是潘又安带进来的呢？由于呆大姐捡到香囊的地方，正是司棋和潘又安幽会，被鸳鸯撞到的地方，所以这个可能性很大。但小说里并没有加以说明。

按当时的社会观念，这是个有伤风化并且严重违反贾府规矩的事件。可是"凤姐看罢，不怒而反乐"。乐什么呢？我们往下说你就明白了。

无望则刚

那王善保家的不知道王熙凤为什么乐成这样，问她这信写得很可笑是吗？王熙凤就说："我念给你听听。"说着从头念了一遍，大家都吓了一跳。这王善保家的一心只要拿别人的错，不想反拿住了她外孙女，于是她又气又臊。王熙凤又向着周瑞家的笑道："这倒也好。不用你们作老娘的操一点儿心，他鸦雀不闻的给你们弄了一个好女婿来，大家倒省心。"

大伙都拿这事凑趣逗乐。王善保家的气无处泄，便自己回手打着自己的脸，骂自己："怎么造下孽了！说嘴打嘴，现世现报在人眼里。"众人见她这般情景，更开心了，都笑个不停。

对王熙凤等人来说，这事情之所以令人开心，是在于它让王善保家的出乖露丑了。但对司棋来说，这可是一场灭顶之灾。

这时王熙凤才注意到司棋。从周瑞家的在她箱子里翻出东西来到现在，已经过去了不少时间。周围的人哄笑着、恼恨着，司棋在干什么呢？书中说她"低头不语，也并无畏惧惭愧之意"。王熙凤"倒觉可异"，她感到奇怪了。

这短短的几句话，深刻地揭示出司棋的性格和此刻的心理，它体现着《红楼梦》特有的强大的文学力量。

我们考虑一个问题：在大观园幽会被鸳鸯无意间撞破之后，潘又安抛下司棋，连夜远走高飞了。司棋明知这俊美的表弟其实是一个绣花枕头，是无情之人，她还留着那些危险的东西干吗？她不至于幻想什么破镜重圆吧？

只是这些物品，代表着在她卑微的生命中，有过一段狂热的梦想和冒险，令人为之伤感，所以司棋才会不忍心把它们毁灭、丢弃。我们回头看司棋在《红楼梦》中仅有的几次出场，她的性格好像是在变化的。大闹厨房时，她显得很蛮横，加上她的个子又高大，没办法让人觉得可爱。在大观园幽会事件以后，她再三苦苦哀求鸳鸯，忽然显得十分胆怯而可怜。这表明什么呢？就是这种所谓"有伤风化"的事情一旦暴露，社会力量将会显示出令她不敢想象的凶狠。

而如今，真的大祸临头了，她孤零零地站在冷酷的世界面前，她又不害怕了。为什么呢？因为此刻司棋对自己、对周围的人不再抱有希望。潘又安的信被王熙凤用这样一种幸灾乐祸的口气在大庭广众中宣读出来，司棋会想很多。一个成语说，"无欲则刚"，其实你也可以说"无望则刚"。人不抱希望的时候会变得刚强。

司棋当晚就被两个婆子监守起来。王熙凤又病了，没精神管事，就让她这么关着。过了两天，王夫人向周瑞家的了解那天搜检大观园的结果，才知道司棋这件事情。

该怎么处理司棋呢？王夫人还有个顾虑：司棋是迎春的丫鬟，迎春是贾赦的女儿，她们属于"那边"，是长房的人。

周瑞家的就给王夫人出了个主意："不如直把司棋带过去，一并连赃证与那边太太瞧了，不过打一顿配了人，再指个丫头过来，岂不省事。""不过打一顿配了人"，这说话的口气实在

无望则刚

是很轻巧。一个女孩的名誉和她一生的命运,好像什么也不值。而说这句话的也是一个奴仆,就特别让人心寒。

王夫人同意了周瑞家的建议。司棋就被押着,走上了一条荆棘丛生的道路。我们实在很难想象她遭遇了什么。

八十回本《红楼梦》司棋的故事到这里就结束了。我们不知道在曹雪芹的写作计划中,是不是还会提起她。而程本续写的部分,在第九十二回给这个故事添了一个尾巴。故事写潘又安回来了,说要娶司棋。可司棋她妈坚决不同意。司棋就说:"一个女人配一个男人。我一时失脚上了他的当,我就是他的人了,决不肯再失身给别人的。"这就是"从一而终"的妇德。为了奉行这种道德信念,司棋一头撞死在墙上,成了"烈女"。

故事里说,那潘又安其实是在外面发了财回来的。他开始不说,是担心女人为了钱才跟他。如今看到司棋如此贞烈,就向司棋的母亲说明了原委,把一笔钱财交给她,而后乘人不备,也用小刀自刎,成了殉情者。

程本续写部分在张扬正统道德方面很用力,人物跟前八十回所写的发生了变形,这是普遍的情况。这里出现的司棋与潘又安,都不太有味道,故事情节的设计也很平庸。我们简单说一下也就够了。

好了,我们已经说远了,让我们还回到原来的故事进程。抄检大观园是八十回本《红楼梦》的最后一个高潮。犹如人间仙境的大观园里，竟然也有一片争斗与悲泣之声。这是大厦将倾，内部断裂发出的声音。而接下来呢，有人听到在宁国府贾氏的宗祠里，传出一声长叹。这是怎么回事呢？我们下一讲接着说。

129讲

宁国府的乱象

前面我们讲到,抄检大观园正是贾府乱象环生的一个标志。但卷入这个事件的,主要是荣国府这边的人。而小说在写完抄检大观园的故事之后,又转到宁国府来,这里是另一种乱象。

宁国府发生了什么情况呢?原来贾敬去世以后,贾珍需要为父亲守丧。中国古代的传统是讲孝道的,这个守丧期相当长,比较准确地说是二十七个月。守丧期间,对孝子的行动有很多限制,其中一条,是不允许游玩、娱乐。我们知道这位珍大爷是个荒唐之人,你让他过一种简单朴素的生活,那是很难的。

贾珍无聊之极,想出了一个解闷的方法。他以练习射箭为由,请了和贾府关系密切的家族中的弟兄们,还有一些富贵的亲友,到贾府来较射,就是比赛射箭。人来了,他又说:"白白的只管乱射,终无裨益。不但不能长进,而且坏了样式(动作会走形)。必须立个罚约,赌个利物,大家才有勉力之心。"

贾府的祖先,本来是军功出身的,在宁国府天香楼下,设有练习弓箭的箭道,于是就在这里立了靶子,约定客人每日早饭后来射箭。

贾珍不肯自己出面,就命贾蓉做局家(游戏的主持人,赌博的头家)。这些来的都是世袭公子,人人家道丰富,而且都是少年,正是一群好游荡、喜欢胡闹的纨绔子弟。这些人也是年轻好胜,大家议定,每日的晚餐轮流请客。请客的人自己带厨子过来,杀猪宰羊、杀鹅宰鸭、卖弄厨艺,好像斗宝一样,倒也热闹。

但射箭不过是贾珍打出的幌子。没几天,就说要休息下来,养一养臂力,晚间就聚在一起抹抹骨牌,就是麻将的前身。玩牌总有输赢,要下赌注才刺激。开始不过是谁输了谁请客,可是不过瘾,很快就改成现银子开销了。

这么过了有三四个月的光景,射箭这事越来越马虎,赌博变成了聚会的主要内容。掷骰子、斗叶子(叶子是一种纸牌)、抹骨牌,各种玩法都有。

在这个赌局里,荣国府的人是头家,头家照例是要抽头的。书中说:"家下人借此各有些进益,巴不得的如此,所以

宁国府的乱象

· 161 ·

竟成了势了。"这其实是委婉的说法，实质就是，贾珍带着贾蓉，把堂堂国公府开成了赌场。他们也在赌场中收取利益。荣国府里，王熙凤在外放高利贷，但那终究是私下里做的事。而宁国府这边，贾珍设赌场，则已经是半公开的事情了。这对豪门来说，实在是穷途末路的光景。

在这个赌场里，有两位客人特别受人喜欢。

一个我们认识，是薛蟠，这个早已出名的"呆大爷"。你要问：他的外号不是叫"呆霸王"吗？那是在外面逞强欺负人的时候，他是个霸王。在赌场里，他总是惯常送钱与人，所以大家喜欢他，叫他"呆大爷"。

还有一个我们不认识，他是邢夫人的亲弟弟邢德全，人称"傻大舅"。他虽然是邢夫人的亲弟弟，脾气性格却完全不同。书中说他"只知吃酒赌钱，眠花宿柳"，以此为乐。这人有个优点，"待人无二心"，就是表里如一，不会使奸。"好酒者喜之，不饮者则不去亲近"，谁爱喝酒他就对谁好，而且无论上下主仆他都是一律对待，并无贵贱之分。他区分人的方法就是喝酒或者不喝酒，这也是挺有个性的。

照理说，邢家早已不在富贵之列，所以"傻大舅"不可能与"呆大爷"相比。可是书中说他也是"手中滥漫使钱"，这个只能理解成他有多少就玩多少，不在乎也不计算。钱虽然不多，但气派很大。

这天薛蟠、邢德全，还约了另外两家，在外间炕上玩"抢

宁国府的乱象

新快"，这是一种赌博游戏。这个赌法就是各人下注以后，掷骰子比大小，点数大的把桌上所有的钱哗啦啦一搂，所以叫"抢新快"。这是最简单、最快捷的玩法。

傻大舅输了，又喝了点酒，心情郁闷，需要发泄。他就责怪两个服侍的小厮只赶着赢家不理输家了，骂他们专门巴结有钱人，"只不过我这一会子输了几两银子，你们就三六九等了"。小厮自然是赶紧赔罪，不必多说。

这邢大舅又从小厮的势利中，勾起了往事，醉中露了真情。他拍着桌子对贾珍叹道："怨不得他们视钱如命。多少世宦大家出身的，若提起'钱势'二字，连骨肉都不认了。"

为什么说到这个呢，因为昨日他又和姐姐邢夫人赌气了。为什么呢？他告诉贾珍："就为钱这件混帐东西。利害，利害！"这"利害"是说什么呢？为了钱，姐弟啊，亲情啊，什么都没有了！

贾珍劝他，意思说也不可能有多少给你任意花多少，这又勾起邢大舅另一番感慨。他说因为父母早就去世，大姐是年长出阁，邢家的家私全都被她带走了。所以，他说："我便来要钱，也非要的是你贾府的，我邢家家私也就够我花了。无奈竟不得到手，所以有冤无处诉。"

傻大舅希望有更多的钱供他任意挥洒，可是他姐姐吝啬异常，所以他很悲愤。至于说，在大庭广众之下，这么说自己的亲姐姐、荣国府的大太太，说她是如何如何窃取家产的，是不是合适，他就顾不得了。

在《红楼梦》前八十回中，邢德全只有这一次露面。你可以看到，他的性格非常清晰。

邢德全的醉态，也是荣国府如今的风景。

贾珍开设赌场，给许多人带来了快乐，而堕落中的快乐，又总是伴随着伤感。人在这时候，更真实，也更丑陋。堂堂国公府，论理总是要维持它的"冠冕堂皇"。什么叫"冠冕堂皇"呢？冠冕就是体现身份的帽子。赌场一开，帽子就纷纷滚落在地上了。

"傻大舅"闹酒的第二天是八月十四，隔天就中秋了。贾珍说咱们守丧人家，也不合适过节，不如就今晚上应个景儿，吃些瓜、饼和酒。

晚上就在宁国府会芳园丛绿堂中设了家宴，贾珍带领妻子、姬妾先吃饭后喝酒，开怀赏月作乐。将近一更时分，就是晚上七点钟吧，风清月朗，上下如银。一会儿，贾珍有了几分酒意，越发高兴，便命人取了一杆紫竹箫来，命他的两个妾，一个吹箫，一个唱曲，乐声歌声都很美，真令人魄醉魂飞。

就这样宴饮到三更时分，半夜了。贾珍酒已八分，将醉未醉，大家正添了衣服开始饮茶，忽听靠近祠堂那边墙下有人发出长叹之声。大家听得明明白白，都有点毛骨悚然，又是疑心又是畏惧。半夜里，这一声长叹，实在是异常。

宁国府的乱象

贾珍忙厉声叱问："谁在那里？"连问几声，都没有人答应。尤氏说，会不会是家里的仆人？贾珍说那不可能，那道墙周边并没有仆人的房子。话没说完，只听得一阵风声，竟吹过墙去了。恍恍惚惚之间，听得祠堂内咔咔咔，传来槅扇开合之声。众人只觉得风也阴森森的，比刚才更凉了，月色惨淡，也不似先前明朗。

这时众人都觉毛发倒竖，宴饮的兴致，就这么被破坏了。大家心惊胆战，勉强又坐了一会儿，就散席安歇去了。

第二天是十五，照例要开祠堂行礼，贾珍细查祠堂内，都仍旧是好好的，并没有怪异的痕迹。贾珍安慰自己，可能是因为喝醉了酒，疑神疑鬼吧，也不再提此事。

《红楼梦》这一段情节写得有点特别。在祠堂外墙边，半夜三更传来的这一声长叹，究竟是怎么来的呢？<mark>是祖先之灵，为了子孙不肖、家族衰败而叹息吗？还是家族步入衰败之路，这些主子生命的力量已经不够强旺，听到一个略显得奇异的声音就惊惶不安起来？</mark>作者没有明确告诉我们，他也并没有把自己放在一个"全知者"的位置上。所谓"全知者"是现代小说研究使用的一个概念。当作者以全知者的立场出现时，他对小说中的一切人和事都清清楚楚。《红楼梦》不是这样，作者常常把疑问留给读者。

但不管怎样，这一段故事渲染了一派凄凉的气氛。它预示着贾府的气数快要尽了。

这是宁国府的中秋。宁国府是以不过节的方式过节。荣国府没有这层忌讳，贾老太君仍然很有兴致地命人安排中秋赏月。但荣国府的这个中秋，也始终渗透着难言的萧瑟之气。这又是怎么回事呢？我们下一讲再说。

侯门气概

130讲

上一讲我们说到宁国府在八月十四提前过了中秋节。第二天晚饭后，贾珍夫妇俩又过到荣国府来，陪老太太过节。到了贾母房中，只见贾赦、贾政都在房内坐着陪贾母说笑，而贾琏、宝玉、贾环、贾兰这些孙子辈、重孙辈的都站在下面。贾珍来了，挨个打招呼。贾母让他坐下，贾珍才在靠近门的小杌子（小矮凳）上告了坐。他也是孙辈，但他是宁国府的人，有几分客气。世家大族，礼节是很讲究的。

月亮上来了，贾母扶着宝玉的肩，带领众人一齐往大观园走去。贾母先是在嘉荫堂前面的月台上焚香拜月。中秋拜月是古代的习俗，现在很少见了。然后贾母提出，赏月还是在山上最好，又带领着众人上了山，到了山脊上的大厅中。一家人围着个大圆桌坐下，贾母命人折一枝桂花来，命一名女仆在屏风后面击鼓，玩击鼓传花的游戏。鼓声停下的时候花在谁手中，那人必须饮酒一杯，再说一个笑话。

于是先从贾母开始，接着是贾赦，一个一个接过花再传下去。桂花随着鼓声传了两圈，恰恰在贾政的手中停住了。贾政饮了一杯酒。这时众姊妹弟兄你悄悄地扯我一下，我暗暗地捏你一把，都含着笑要听贾政到底说什么笑话。为什么呢？贾政是个严肃而古板的人，让他说笑话，本身就是个笑话。

贾政是个孝子，也想讨好老娘，刚想说，贾母又笑着捉弄他："若说的不笑了，还要罚。"在母亲眼中，儿子永远是儿子，从小到老都一样。贾政笑着说："只得一个，说来不笑，也只好受罚了。"

于是贾政开始讲笑话："一家子有一个人最怕老婆的。"他才说了一句，大家都笑了。怕老婆的故事是中国古代笑话中最大的种类，谁都听说过，为什么贾政一开口就哄堂大笑呢？因为这种笑话跟他平日古板的形象极不相称。

这个故事说，那个怕老婆的男人从来不敢乱走一步，有一次中秋的晚上，在街上被几个朋友死活拉到家里去吃酒。不想就吃醉了，便在朋友家睡着了，第二天才醒，后悔不及啊，只好回家赔罪。他老婆正洗脚，说：既是这样，你替我舔舔就饶你。这男人只得给她舔脚，未免恶心要吐。他老婆便恼火了，要打他，吓得男人连忙跪下，请求饶恕，说：并不是奶奶的脚脏。只因昨晚吃多了黄酒，又吃了几块月饼馅子，所以今日有

侯门气概

些作酸呢。说得贾母与众人都笑了。

让贾政讲这个笑话,也是作者的精心设计。这是一个趣味很低的恶俗的笑话,它正反映出,贾政虽然从小也刻苦读书,做了官也喜欢附庸风雅,而且还养着些清客,可是他内心里并不懂得读书的乐趣,也根本不懂笑话的价值在哪里。

说到这里,你是不是突然对贾政心生悲悯呢?是的,这个人其实很可怜。

贾政忙斟了一杯酒,送与贾母。贾母笑道:"既这样,快叫人取烧酒来,别叫你们受累。"众人又都笑起来。你已经听出贾母的幽默了吧?她是顺着贾政的笑话再做发挥:既然喝黄酒容易反酸水,那你赶紧换了,喝烧酒吧,这样,回去舔你老婆脚丫子,就不会反酸水了。贾母的幽默是天生的,她忍不住戏弄了自己的儿子。

于是又击鼓,可巧传到宝玉手里,鼓声停了。宝玉倒是一肚子的笑话,可是在贾政面前,实在是一句也说不出口。场景不对,形势不对。他拿着一枝桂花局促不安,终于站起身来推辞道:"我不能说笑话,求再限别的罢了。"请求换一种节目。

贾政也明白宝玉的意思,就答应了,给他出的题目是以"秋"为题,即景作一首诗,还限定不许用平时人们写月时最常用的一些字眼,什么光呀、明呀、冰呀、玉呀等等。这当然难不倒宝玉,他立时想了四句,在纸上写了,呈献给贾政看。贾政看了,点点头不说话。贾母知道他还算满意,就提醒他

说，这就该奖励呀，奖励了才能长进。贾政便吩咐下人去他的书房，拿两把自己从海南带回来的扇子奖给宝玉。这对宝玉来说，真是很难得的待遇了。

再传下来，花在贾赦手里停住了，只能也吃了酒，然后说笑话。

说什么呢？他说：有个孝顺儿子，母亲病了，请了一个会针灸的婆子来。婆子只说是他老娘心里有火，针灸针灸就好了。这儿子慌了，便问心见铁即死（碰上铁就会死掉），怎么能扎针呢？婆子说道，不用在心上扎针，只针肋条就是了。儿子又问道，肋条离心甚远，怎么就会好？婆子道，不妨事。你不知天下父母心偏的多呢。

这个笑话用了一个双关的手法，就是用生理上的心脏位置偏移双关父母偏心，偏爱众多孩子中的一个。

众人听说，都笑了起来。按游戏规则，贾母也只得吃半杯酒，停了半天才笑道："我也得这个婆子针一针就好了。"这话中的意思，是说你觉得我偏心是吧？那我也该治一治了！

贾赦听了，知道母亲起了疑心，忙起身笑与贾母把盏，用别的话题把眼前的尴尬遮掩过去。贾母也不好再提，游戏继续下去。

贾赦说这样的笑话，至少也是有意无意之间吧。更重要的不是这笑话本身。自从贾赦想要娶鸳鸯而不成以来，贾母和贾赦夫妇之间的裂痕就越来越深。因为在贾赦夫妇看来，如果

侯门气概

没有贾母撑腰，鸳鸯闹死了也兴不起风浪。而我们在前面已经讲过，贾赦想娶鸳鸯，也是为了老太太手中的一大笔财富，所以，这个失败对贾赦来说是严重的挫折。

与此同时，长房和二房之间的关系也越来越紧张。邢夫人当着众人的面给王熙凤脸色看，就因为王熙凤是长房的媳妇，却帮着二房。抄检大观园，也是长房试图夺回荣国府的控制权而引出的咄咄怪事。探春评论这件事，说得很明白："咱们倒是一家子亲骨肉呢，一个个不像乌眼鸡，恨不得你吃了我，我吃了你！"

我们再往下看。

这回花传到贾环手里。贾环见宝玉作诗得了奖，他也心痒了，便也让人拿纸笔来，写了一首绝句呈给贾政。贾政看了，心里不喜欢。他也不愿单单指责贾环，就把兄弟两人搁在一起来说，说他们"发言吐气总属邪派"，不在正道上。但刚才宝玉写诗是得了奖品的，现在就算这么说，也改变不了一褒一贬的事实。贾环当然很沮丧。

这时贾赦把贾环的诗要过来瞧了一遍，却连声赞好。我们在这里注意一下，整部《红楼梦》说到现在，从来没有提起这位大老爷对诗有任何兴趣，他的性情和为人，同诗也隔得很远，他怎么这会儿评论起诗歌来了呢？

贾赦只是要跟贾政过不去。贾政不满的，是这诗中有不屑于读书的意思，贾赦就借此发挥，说这诗写得"甚是有骨气"。

为什么呢？他说咱们这样的人家，原不比那些寒酸人家，一定要苦苦读书才能扬眉吐气。世袭子弟，生下来就有做官的资格。书嘛，略微读一点就行了，"何必多费了工夫，反弄出书呆子来"。最后他总结说："所以我爱他这诗，竟不失咱们侯门的气概。"侯门子弟，不屑于读书才是有气派！这是大老爷的理解。那么二老爷算什么呢？是不是书呆子？不用多说了。

贾赦也要奖励贾环，吩咐人去取了自己的许多玩物来赏赐给贾环。这又比宝玉的两把扇子豪气多了。这也是展现"侯门气概"！

更重要的是在后面。贾赦拍着贾环的头，笑道："以后就这么做去，方是咱们的口气，将来这世袭的前程定跑不了你袭呢。"

贾赦是荣国公爵位的继承人，对下一任继承人的选择，当然有很大的发言权。但这事也有一定的常规。贾赦自己有嫡出的长子贾琏，如果爵位转到二房，也有嫡出并且年长的宝玉。这继承权怎么会落贾环身上去呢？贾赦真正要表达的意思，其实只是强调他作为爵位继承人的特殊身份，同时也是强调他才是荣国府理所当然的主人！这不仅是给贾政一个难堪，也是向贾母示威。

贾政听了这些话，忙劝说道，那贾环诗里也不过一通胡扯，哪里就能说到那么远去了呢。说着便斟上酒，又行了一回令。这算是把话题给扯开了。

侯门气概

　　这个中秋的家庭团聚，满是裂痕，样子很难看。贾母也没有兴致了，就让贾赦、贾政他们赶紧回去，她说："再让我和姑娘们多乐一回。"

　　这个中秋节还在延续。夜渐深，天气更凉，人心也觉得更凉了。后续还会发生什么？这个我们下一讲再说。

~中秋联诗~

三五中秋夕
清游拟上元

131讲

诗乐凄凉

上一讲我们说到荣国府的中秋夜宴开始了一段时间以后，贾母让贾赦、贾政和贾珍等人先退出了，因为他们作为贾府的男主人，都有自己的社交圈子。留下的都是些女眷。贾母命人将酒桌重新擦干净布置了一番，众人团团绕绕围成一圈。

贾母素来喜欢热闹。这时往四周一看，感觉比往年少了好些人。薛姨妈和宝钗、宝琴都不在，贾母知道她们在自己家里团聚了。薛姨妈是老太太喜欢的客人，她性格随和，又有闲工夫常常陪着老太太。她们一定不能来吗？其实也不是，往年中秋都是请她们一起过的。今年不来，是因为宝钗搬出了大观园。好好地住着，为什么搬呢？就是因为抄检大观园。虽然，王熙凤说了，可不能抄亲戚，那天晚上也没人惊动她们。可是就这样，宝钗也觉得不好。你们没事自己抄家，亲戚怎么住呢？所以第二天找个借口就回家了。既然搬走了，再回大观园过中秋，岂不刺眼？索性就不来了。

还少了李纨、王熙凤二人，她们都病着。李纨也罢了，有没有王熙凤可是大不相同。王熙凤善解人意，能说会道，她到哪里，哪里就热闹，贾母说她一个人抵得上十个人。可是她病了，而且病好久了。老太太不禁感慨道："可见天下事总难十全。"说罢，不觉长叹一声，于是命人拿大杯来斟热酒喝。宋代大文豪苏东坡的中秋词说："月有阴晴圆缺，人有悲欢离合，此事古难全。"老太太的伤感跟苏东坡是同一个调子。她这时要拿大杯喝酒，颇有文人士大夫的做派。

为了好好赏月，贾母又命人将毛毯铺在厅堂前的石阶上，将月饼、西瓜、果品等都叫人搬下来，令丫头和媳妇们也都团团围坐赏月。此时月亮升到天空正中，比先前越发清亮可爱，贾母说："如此好月，不可不闻笛。"因此命人将奏乐的女孩子传来。贾母说道："音乐多了（乐器复杂），反失雅致，只用吹笛的远远的吹起来就够了。"

中秋赏月的文字非常优美，我们直接来看原文吧：

"这里贾母仍带众人赏了一回桂花，又入席换暖酒来。正说着闲话，猛不防只听那壁厢桂花树下，呜呜咽咽，悠悠扬扬，吹出笛声来。趁着这明月清风，天空地静，真令人烦心顿解，万虑齐除，都肃然危坐，默默相赏。听约两盏茶时，方才止住，大家称赞不已。"

诗乐凄凉

贾母却说:"这还不大好,须得拣那曲谱越慢的吹来越好。"说着,命人将自己吃的一个宫廷内造月饼、一大杯热酒,送给吹笛之人,慢慢地吃了再细细地吹一套来。

这时,鸳鸯给贾母拿来大斗篷。大家陪着又饮了酒,说些笑话。下面我们再看一段原文:

"只听桂花阴里,呜呜咽咽,袅袅悠悠,又发出一缕笛音来,果真比先越发凄凉。大家都寂然而坐。夜静月明,且笛声悲怨,贾母年老带酒之人,听此声音,不免有触于心,禁不住堕下泪来。众人此时都不禁有凄凉寂寞之意。"

在这个中秋的晚上,贾母的兴致特别高,心情又特别伤感。你觉得这两句话说得自相矛盾是吧?怎么心情伤感,反而兴致高了呢?因为老太太深深地感受到世事难以周全,好景不得长久。

到这里,我们需要补充一个情节。在《红楼梦》的故事里,有一个江南甄家,跟贾府有非常特殊的关系。它从来没有被正面描写过,但经常被提起。这个家族就在前不久被朝廷治了罪,抄没了家产。八月十三那天,尤氏往贾母这边来,老太太歪在榻上,王夫人在跟她说甄家的人被捉拿回京治罪的事情。尤氏进来,贾母问了王熙凤和李纨的病,叹道:"咱们别管人家的事,且商量咱们八月十五日赏月是正经。"兔死狐悲,这件事在贾母心里已经投下了阴影。

而到了中秋的家宴,贾府本身气数将尽的迹象,一一呈现,老太太当然也是敏感的。她已老迈,往后的中秋是何种光景,无从预料。所以她会对这个中秋非常留恋。她让乐工在远处吹奏缓慢而低沉的笛曲,这固然体现着老太太有很好的美感,同时也映现了她此刻的心境。

你还记得前一天晚上宁国府家宴,半夜三更,从贾氏祠堂旁边的围墙下传来的一声叹息吗?它让人怀疑是祖宗亡灵的叹息。贾母经常被晚辈称为"老祖宗",她是活着的祖宗。而悠扬低沉的笛声,也是祖宗的叹息。

一直到四更,老太太也困了。王夫人说,老太太该安歇了,姊妹们熬不过,也都去睡了。贾母细看了一看,果然只有探春一个人还在。于是就散了。

但黛玉和湘云二人其实并未去睡觉。她们干吗呢?两个人写诗去了。

中秋赏月,是写诗的好题目。大观园的诗社,本来说好是聚会作诗的。但宝钗不来,探春为贾府的内斗而苦恼,宝玉

诗乐凄凉

因为晴雯病了，也没心思。诗社等于是散了。只有湘云看见黛玉又在为自己孤苦伶仃而伤感垂泪，就拉着她，推托要睡，两个人来到山坡底下靠近水边的一处屋子赏月写诗。登高赏月很美，临水赏月又是另一种美。对两个女孩来说，后者更合适一些。

她们写的是"联句诗"，这是古代一种带有娱乐性的作诗方法。简单地说，古诗以两句为一联，开始一个人先出一个单句，比如黛玉出的是"三五中秋夕"，从第二个人开始每次出两句，上句是跟前面的一句组成一联，湘云说的是"清游拟上元"，就是和黛玉的"三五中秋夕"组成一联，然后湘云再说一句，让后面的人来接，湘云说的是"撒天箕斗灿"。如此轮流反复，把一首诗写完。

黛玉和湘云一面联诗，一面说笑，有时挑剔对方几句，有时夸奖对方几句，虽然只有两个人，气氛倒也不错。

两人正在兴头上，黛玉看见水池中有个黑影，便指与湘云看，说道："你看那河里怎么像个人在黑影里去了，敢是个鬼罢？"湘云笑道："可是又见鬼了。我是不怕鬼的，等我打他一下。"于是弯腰拾了一块小石片向那池中打去，只听打得水响，激起一圈一圈的水波，把月影荡散了，又聚合起来，反复好几次。同时只听那黑影里嘎然一声，却飞起一个大白鹤来。湘云笑道："这个鹤有趣，倒助了我了。"她想了一句"寒塘渡鹤影"，让黛玉去对。

黛玉听了,又叫好,又跺脚,说:"了不得,这鹤真是助他的了!"想了半日,猛然想出一句"冷月葬花魂"。

湘云拍手赞道:"果然好极!非此不能对。好个'葬花魂'!"

《红楼梦》里有很多优美的诗篇。如果单说佳句,那么就以湘云和黛玉合作的这一联为最佳。"寒塘渡鹤影",在夜深时分,月光之下,一只鹤的影子飘过寒凉的水面。"冷月葬花魂",花已成泥,它曾经有过的美丽都已消失无踪,而它那纯洁的灵魂,就融合在冷冷的月光中。

这是美的景色、美的诗,也是孤独而凄凉的景色、孤独而凄凉的诗。大观园里青春洋溢的诗社已经散了,剩下两位诗人在月夜中吟唱,她们不能不感到孤独。

这首诗的韵味和老太太特意安排的笛子乐曲的韵味是一致的。而且,就在她俩写诗的时候,她们也听到了笛子的声音。这个中秋的晚上,整个大观园笼罩在一片伤感的气氛中,这是因为一切美好的事物终将丧失而引发的伤感。它是故事情节自然发展的结果,也是曹雪芹内心的悲哀。

湘云和黛玉的联句诗到这里就没有再作下去。因为这时候妙玉从一块山石后面转了出来,让她们不要再写下去了。她的意思,一是这两句非常好,再勉强写下去,反而破坏意境;二是诗跟人的气数有关,写到这里已经太悲凉了,再往下写,对人也会产生伤害。于是妙玉就拉了两位诗人到栊翠庵去喝茶。

诗乐凄凉

在那里，妙玉动笔，把这首联句诗补足了尾巴。

中秋节就这样过去了。

过了中秋以后，王夫人还有些事情要忙。抄检大观园之前，王善保家的在她面前说了晴雯一堆坏话，正好和她心里的想法一拍即合。因为一直有别的事，所以忍了两日。中秋节一过，她跟周瑞家的说，她要"办咱们家的那些妖精"，指的就是怡红院的一些女孩。在宝玉眼中，那些女孩无比珍贵，而在王夫人看来，她们是令人无法忍受的妖精。王夫人打算怎样去清算这些"妖精"呢？我们下一讲再说。

图书在版编目(CIP)数据

中秋联诗 / 骆玉明著. —成都：天地出版社，
2021.6（2023.3重印）
（骆玉明给孩子讲红楼梦）
ISBN 978-7-5455-6270-5

Ⅰ.①中… Ⅱ.①骆… Ⅲ.①《红楼梦》研究—少儿读物 Ⅳ.①I207.411-49

中国版本图书馆CIP数据核字（2021）第019307号

LUOYUMING GEI HAIZI JIANG HONGLOUMENG·ZHONGQIU LIANSHI

骆玉明给孩子讲红楼梦·中秋联诗

出 品 人	杨　政	策划编辑	李秀芬
作　　者	骆玉明	责任编辑	曹　聪　王加蕊　李婷婷
绘　　者	〔清〕孙　温	营销编辑	陈　忠　魏　武
总 策 划	陈　德　戴迪玲	美术设计	刘黎炜
特约策划	向恬田	内文排版	书情文化
特约编辑	李　玫	责任印制	刘　元　葛红梅

出版发行	天地出版社 （成都市锦江区三色路238号　邮政编码：610023） （北京市方庄芳群园3区3号　邮政编码：100078）
网　　址	http://www.tiandiph.com
电子邮箱	tianditg@163.com
总 经 销	新华文轩出版传媒股份有限公司
印　　刷	北京博海升彩色印刷有限公司
版　　次	2021年6月第1版
印　　次	2023年3月第9次印刷
开　　本	710mm×1000mm 1/16
印　　张	12.25
字　　数	166千字
定　　价	48.00元
书　　号	ISBN 978-7-5455-6270-5

版权所有◆违者必究
咨询电话：（028）86361282（总编室）
购书热线：（010）67693207（市场部）

如有印装错误，请与本社联系调换。

名家给孩子讲四大名著

中国当代知名文化学者

四大名著研究权威,首次为孩子开讲
让孩子喜欢读、能读懂、能读透、能读完的四大名著

《骆玉明给孩子讲红楼梦》
(全6册)

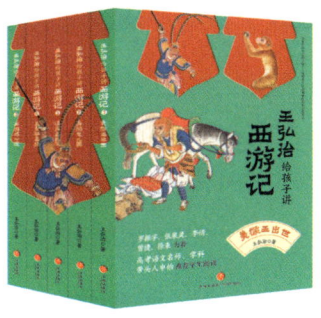

《王弘治给孩子讲西游记》
(全5册)

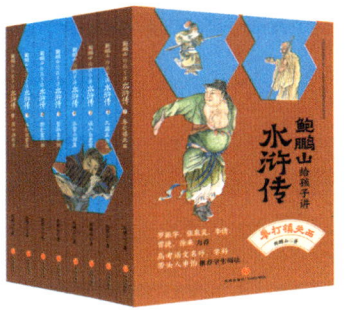

《鲍鹏山给孩子讲水浒传》
(全8册)

《李鹏飞给孩子讲三国演义》
(全6册)